COLONNA,

ou

LE BEAU SEIGNEUR.

IMPRIMERIE MOREAU,
rue Montmartre, n°. 39.

Les deux fils jumeaux du Comte de Corse se précipitent dans un torrent, au moment où Federici va les atteindre. ch. 6.

COLONNA,

OU

le Beau Seigneur,

HISTOIRE CORSE

DU 10ᵉ SIÈCLE.

PAR MADAME LA COMTESSE DE BRADI.

Orné de quatre gravures.

TOME SECOND.

PARIS,

CHEZ L'ÉDITEUR, PLACE DE L'ODÉON, Nᵒ. 3,

EN ENTRANT PAR LA RUE RACINE, Nᵒ. 6;

Et chez ROUSSELON, libraire, rue d'Anjou-Dauphine, n. 9.

1825.

COLONNA,

ou

Le Beau Seigneur.

~~~~~~

Chapitre sixième.

———

Heureux celui dont le génie peut créer un sujet! Sa raison en dispose le plan, qui est toujours moral; son imagination en multi-

plie les scènes, qui sont toujours
riantes; son style qui ne peindra
que les vertus, les douces affections, les charmes de la beauté,
les plaisirs de l'innocence, sera
naturel, élégant, gracieux; il en-
traînera le lecteur déjà séduit par
le portrait qu'il a tracé, dès les
premières pages, de l'aimable caractère de ses héros. Tantôt il
décrit une fête brillante à travers
cent colonnes formant une galerie que l'or, le lapis et les plus
riches étoffes décorent; on aperçoit une jeune reine qui se livre
à la gaîté au milieu de sa cour.

Des vêtemens bizarres, étincelans
de pierreries, rappellent des peuples éloignés; les courtisans, qui
en sont revêtus, changent de manières et de langage; ils veulent
être francs, simples, naïfs comme
le Péruvien dont ils ont emprunté
le diadème de plumes, ou austè-
res et sentencieux comme le Bra-
mine dont ils portent la longue
tunique et les amples schals; leurs
efforts excitent le rire, mille propos piquans se succèdent, et ne
sont interrompus que par une
musique vive et légère, qui inspire
le besoin du mouvement. Des dan-

ses se forment ; les femmes semblent animées d'une nouvelle existence. Leurs pas, leurs attitudes
deviennent une pantomime ex-
pressive ; muettes, elles parlent
un langage qui n'est que trop
entendu par un amant timide ou
une rivale inquiète..... Les passions vont s'éveiller. Des craintes,
des regrets succèderont peut-être
à cette joyeuse ivresse..... Si ce
n'était point une fiction, on ignore
quel spectacle éclaireraient les
premiers rayons du jour, quand
ils viendraient faire pâlir cette lumière artificielle qui jaillit à tra-

vers des gazes colorées, et que
mille cristaux réflètent? N'avons-
nous pas vu en quelques heures
transformer en prisons les demeures royales? Jardins de Trianon,
de Sans-Souci, d'Aranjuez, que
de soupirs se sont exhalés sous vos
frais et délicieux ombrages, et
ont surpris vos échos, qui répé-
taient naguères des chants d'a-
mour ou de malicieux refrains!...
Heureux, je le répète, celui dont
le génie a inventé les événemens
qu'il raconte, les personnages
qu'il fait agir! Il laisse ce palais
somptueux, où le luxe de l'Asie

était employé par le goût euro-
péen, où retentissaient les sons
d'instrumens sonores, de voix mé-
lodieuses, où se pressait une foule
bruyante et folâtre ; il s'arrête
devant un vieux château dont il
compte les tourelles ; il observe
avec complaisance sa grille mas-
sive, son parc solitaire, sa longue avenue qui conduit jusqu'à
la forêt prochaine........ La
lune perce les nuages, elle ar-
gente les vitres d'une file de fenêtres gothiques , et jusqu'aux
sombres ardoises qui recouvrent
les mansardes. Un vent léger agite

les girouettes qui tournent en gémissant sur un fer rouillé, et le
coq d'airain, qui surmonte le clo-
cher voisin, tourne à son tour en
répétant l'aigre bruit du métal
qui s'altère. Un oiseau de nuit
quitte le beffroi ; il plane un instant sur l'enceinte sacrée où ver-
dit un épais gazon parsemé de
croix funèbres, et s'enfonce sous
les allées touffues de marroniers
et de tilleuls, asile chéri des habitans de l'air qui vont périr sous
la serre de ce ténébreux ennemi.
Quelques lumières éparses éclairent faiblement les vastes salles

de l'antique et naguère féodale demeure. A cette heure, le châtelain se livre à l'étude; il veut puiser, dans de savantes théories, les lumières qui doivent le diriger dans les travaux champêtres qu'il a entrepris : c'est pour lui un devoir; les villageois l'imitent, le consultent. Aux succès de ses soins est attachée la prospérité commune, et il ne serait pas seul puni des erreurs où pourraient l'entraîner l'ignorance et la présomption. Tandis qu'il médite sur les résultats d'une influence qu'il n'a point désirée, et sur les obli-

gations qu'elle lui impose, il entend, peu loin de lui, la voix de
ses enfans, que le rire ou les
pleurs entrecoupent alternativement. Réunis dans une salle voisine autour de leur mère, ils
écoutent de longs récits qu'une
tendresse attentive lui apprend à
varier ; elle excite à son gré leur
effroi ou leur confiance, les cons-
terne ou les ranime d'un mot. Ce
soir elle parle d'un frère qui combat au loin ; les dangers qu'il bra-
va, les inquiétudes dont il fut
l'objet, sont oubliés ; il revient.
Que d'embrassemens lui seront

prodigués? Comme on jouira de
sa surprise?..... Les enfans se
rapprochent , comparent leur
taille , et croient déjà le voir
hésiter en les nommant. On forme mille projets , on en veut commencer l'exécution. Toutes les im-
pressions sont vives et manifestées
bruyamment. La mère regrette
cet âge que l'expérience ne pré-
munit point contre l'enthousiasme
d'un bonheur à venir! et avec la
superstition des âmes sensibles ,
elle s'effraie de ces transports ;
elle serait plus rassurée , si la
raison en tempérait l'excès par

le calcul de quelques obstacles
légers qu'elle pourrait contester...
Mais on ne l'écoute point, et pour
échapper au bruit qui va crois-
sant, elle se lève d'un air sévère, et compte à haute voix les
heures qui sonnent lentement.....
C'est le moment où finissent ces
veillées dont le souvenir char-
mera toujours ses enfans pieux
et reconnaissans. Le temps s'est
écoulé trop vite ; on n'ose s'en
plaindre ; une dernière étreinte
maternelle a étouffé les murmu-
res..... Cependant tout dort dans
les chaumières rustiques disposées

irrégulièrement autour du pres-
bytère ; le cri rare de la chouette,
le marteau de l'horloge ne trou-
bleront pas le sommeil du villageois accablé par la chaleur du
jour ; sa compagne, qui pourtant
ne s'est point séparée de lui, qui
l'a suivi aux champs , dans les
prairies et jusqu'au pied des hau-
tes meules, orgueil du laboureur,
semble n'abaisser qu'à regret sa
paupière appesantie. Elle veut
encore jeter un regard sur son
plus jeune fils ; sa main agite encore le berceau mobile d'osier ;
sa bouche murmure encore l'air

d'un saint cantique..... Le mouvement et les sons diminuent,
ils cessent. Le silence règne avec
l'obscurité. Oh! joies de l'innocence, du travail et de la médiocrité,
ravissantes joies que j'éprouvai,
heureux qui vous retrace! Mais
lorsque votre peinture n'est pas
une fiction, quelles scènes peuvent succéder à vos tableaux en-
chanteurs!..... Château paisible,
humbles chaumières où fuient vos
habitans éperdus? L'invasion barbare s'étend jusqu'à vous..... Il
n'est plus d'asile respecté dans la
patrie envahie. Un drapeau étran-

ger flotte sur l'église du hameau.
On aperçoit ses couleurs abhor-
rées à la lueur des feux qu'entoure une foule armée, qui fait
retentir l'air de ses cris. Qu'exi-
gent, dans un langage inconnu,
ces hommes inconnus? Quelle vague terreur provoquent ces in-
flexions nouvelles? Un vieillard,
un enfant, accusant également le
temps de leur faiblesse, sont de-
meurés seuls au milieu de cette
horde qui les interroge avec colère. Ils ne répondront point, et
la plus extravagante fureur s'en
irritera. Une ridicule vengeance

lui sera accordée. Le fer détruira les animaux domestiques, les flammes dévoreront les instrumens aratoires; et les solides murailles du château, et les parois crevassées des chaumières tomberont à la fois, tandis que, blottis dans les halliers, étendant sur une terre humide des membres adoloris, le villageois infirme gémit auprès de sa mère, de sa compagne éplorée, qui compte en frémissant ses fils, dont le dernier rapproche son visage glacé de la mamelle où, jusqu'alors, il puisa une liqueur si douce, que la terreur vient d'aigrir, et que l'infortunée mère se félicite encore de ne point voir tarir..... L'immense forêt est remplie de semblables groupes. Le bonheur de revoir des cendres est-il réservé à ces familles désolées? Une loi de proscription consacrera-t-elle les violences de la guerre? Ces familles errantes pourront-elles au moins, en se reposant sur un sol dévasté, dire : Ici s'élevait ma maison; là je cultivais mon verger; plus loin fleurissait le sureau contourné, sous lequel mon vieux père réunissait mes enfans chaque soir

d'été..... Laissera-t-on le malheur
se repaître des souvenirs d'un bien
qui n'est plus ?...... Je le redis
encore : Heureux celui qui ne raconte que la fable qu'il inventa.
Hélas! mon récit est une histoire.

Enrigo s'est séparé de l'empereur, il est revenu auprès de Ginevra, et déjà il se prépare à la
quitter. Ses fils l'entourent et se
plaignent des événemens qui, depuis quelques jours, les privent
de la présence de leur père ; mais
le comte veut enfin punir l'au-
dace de Marcello. C'est ce jour

même que les bornes du domaine
de ce seigneur seront fixées; c'est
ce jour même que doit commencer la destruction du château de
Tralaveti. Antonio s'indigne de
ne point employer la force pour
rentrer dans ses droits; il s'agite
sur le lit où le retient le docte
Guido, et désole Bianca qui, redoutant toujours le combat de
Dieu, rappelle encore tout bas à
son père, que d'après ses ordres
Marcello doit l'attendre sur le
pont de Tralaveti.....

« Et je vais l'y trouver, » lui

répond Enrigo, qui devine les inquiétudes d'un cœur si tendre.

En sortant de la chambre de
Bianca, le comte de Corse est suivi de ses fils et de leur mère. Ils
traversent avec lui les galeries,
les voûtes, et l'accompagnent jusque sur le préau, où deux écuyers
ont été appelés. Ces deux serviteurs formeront seuls l'escorte du
comte. Au milieu de ses sujets des
gardes importuneraient Enrigo.
Un page amène son cheval. Ginevra embrasse son époux, et rappelle ses enfans qui regardent avec

admiration le harnois brillant du coursier. Malgré le page, ils entourent le noble animal, s'en approchent, soulèvent le caparaçon brodé qui le couvre, et frappent de leurs petites mains son large poitrail.

« Adieu, » dit Enrigo, qui sourit de leur désobéissance.

— Non, s'écria Giulio, l'aîné de tous, en saisissant la main de son père; non, vous ne partirez pas sans moi. Savez-vous comme, ce matin, j'ai fait sauter la barrière à Negrino?

—Comment, demande le comte, vous êtes déjà monté sur l'arabe?

— Réponds, Pipello, dit l'enfant au page; ai-je eu peur quand Négrino s'est élancé? et quand il s'est dressé comme un chevreau, ne l'ai-je pas forcé à écouter immobile les trois appels du clairon qui l'excitait? Permettez que je vous suive, mon père? »

Et les yeux de Giulio brillaient, son teint s'animait, il attendait la réponse d'Enrigo, et cherchait à lire dans ses regards si elle serait favorable.

« Hé bien, dit le comte, venez
à Tralaveti..... »

Une bruyante acclamation lui
laisse à peine achever ces mots.
Tous les enfans se sont écriés à
la fois. Luiggi et Rolando, les premiers après Giulio, ont aussi donné des preuves de courage et de
dextérité. Les écuyers, le page,
interpellés par eux, l'attestent ; ils
sollicitent avec instance une grâce
semblable à celle que vient d'obtenir leur frère ; mais à peine le
comte peut-il les entendre. Alberto et Michele, qui reçurent le

jour en même temps, Gioanni et
Severino, qu'un même instant
aussi vit naître, réclament à leur
tour. Leurs supplications enfanti-
nes seraient bientôt appuyées par
des larmes, car les derniers jumeaux n'ont pas encore atteint
leur septième année, et Giulio,
l'aîné des fils d'Enrigo, n'a pas
vu douze fois fleurir le bosquet
d'amandiers sous lequel il partage
les jeux de ses frères..... Giulio
se tait maintenant. Il blâme des
prétentions manifestées avec tant
d'impétuosité, et qui peut-être,
lassant la patience du comte, fe-

ront révoquer la faveur qui lui fut accordée. Giulio ne connaît pas encore les trésors de douces complaisances, de naïves bontés, qui sont enfermés dans le sein paternel. Il voit Enrigo hésiter en regardant Ginevra..... Tous les enfans alors, excepté Giulio, adressent leurs prières à la comtesse, qui leur impose silence et intercède pour tous. Elle fait valoir les heureuses dispositions de l'un, la docilité de l'autre; il n'est pas jusqu'à la délicate santé de Severino et de Gioanni qu'elle n'allègue comme un motif qui jus-

tifie leurs désirs..... Enfin une si
courte distance sépare Venaco du
château de Tralaveti, qu'elle ne
voit nul moyen de refuser.

« Suivez-moi, mes enfans, dit
Enrigo attendri par l'amour de
ses fils et l'ingénieuse affection de
leur mère ; suivez-moi tous ; venez apprendre quels devoirs nous
seront imposés par la suite. Ce
serait peu de marcher avec moi
pour combattre. Il est une plus
grande gloire que celle qui s'acquiert par les armes ; c'est celle
qui est réservée au souverain qui

rend la justice et fait triompher le bon droit. Puissiez-vous, en voyant Marcello humilié, concevoir à jamais l'horreur de l'usurpation! et puisse votre présence me rappeler que je vous dois un grand exemple de modération. »

Les enfans témoignent leur joie et leur reconnaissance en embrassant Ginevra, qui place elle-même les plus jeunes dans les bras du page et des écuyers. Enrigo s'éloigne. Il n'a d'un souverain que l'air imposant et le regard majestueux. Le cortége qui l'environne ne rappelle point l'éclat du trône, mais la touchante dignité des patriarches. Il se retourne pour regarder Ginevra, à qui ses enfans tendent encore les mains en signe d'adieux. Il retient lui-même la bride de son cheval, et voit cette tendre mère gravir une petite éminence d'où elle pourra suivre des yeux tant d'objets si chers. Les regards des deux époux se rencontrent. Enrigo agite les plumes de son casque; Ginevra fait flotter dans les airs un des bouts de son écharpe, et ses fils crient encore une dernière fois :

« Adieu, ma mère.....

— Oh! mon Dieu! que ce mot fait mal, dit Ginevra en portant sa main sur sa poitrine oppressée. «Adieu, mes enfans,» veut-elle dire aussi.

Mais déjà ils ne peuvent plus l'entendre; bientôt un bois épais les dérobe à sa vue; et, effrayée de l'isolement où elle se trouve, la comtesse regagna avec précipitation l'appartement de sa fille, où les sages discours de Guido, les caresses de Bianca et l'im-

patience du seigneur de Cinarca contribuent à la distraire.

L'expression d'une innocente
gaîté faisait retentir les vallées
que traversait le comte de Corse.
A chaque détour, à chaque pas
un objet nouveau frappait les
yeux des enfans et excitait leur
curiosité. La roche élevée qui
l'entoure de vapeurs, le pin gi-
gantesque des montagnes, si célèbre dans l'antiquité [1], le ra-
mier sauvage aux couleurs cha-

[1] Theophrast., hist., lib. v, cap. 9.

toyantes , et la marcassite qui
brille en roulant sous les pieds
des coursiers , deviennent également l'objet de questions multi-
pliées. Mais le comte , qui jusqu'a-
lors s'est complu à répondre, exige
tout-à-coup le silence , et l'impose
à ses fils d'un air grave. Les enfans obéissent et cherchent à pénétrer la cause de cet ordre inat-
tendu ; ils arrivent à l'angle d'un
bois , déjà dépassé par Enrigo , et
se trouvent en face du château de
Tralaveti, qui n'est séparé d'eux
que par un torrent dont les eaux
turbulentes courent avec fracas

sur des débris de rochers noirs
et lustrés, qui contrastent fortement avec la blancheur de l'écume
qui bouillonne autour d'eux. Un
pont d'une seule arche traverse
le torrent. Les enfans admirent
sa prodigieuse élévation, ainsi
que l'élégance du château de Tralaveti, dont les pierres et les marbres ont encore le poli et l'éclat
d'un travail récent. Ce n'est point
la monumentale et solide archi-
tecture du palais de Venaco; c'est
le gracieux dans les proportions,
la légèreté dans les ornemens, le
fini dans les détails, d'un temple

consacré au plaisir. Pour la première fois, sur cette terre belli-
queuse, on a construit un édifice
où la sûreté du maître est sacrifiée
aux règles de l'art, peut-être au
caprice de l'ouvrier. Difficilement
les murs du château de Tralaveti
deviendraient un refuge pour son
seigneur attaqué par quelqu'ennemi actif et entreprenant; et ce
mépris d'un danger possible, loin
de mériter à Marcello les éloges
des barons corses, a été blâmé
par eux comme une innovation
que leur austérité réprouve, ou
comme l'exemple inquiétant de

l'aliénation du droit de donner à leurs demeures l'aspect redoutable d'une forteresse.

Vers le milieu du pont, le comte de Corse distingue le seigneur de Tralaveti qui s'avance vers lui, suivi de quatre écuyers. Une foule nombreuse vient ensuite sans armes, vêtus d'habits longs et ceints d'écharpes aux couleurs de Marcello. Enrigo reconnaît ceux qui la composent pour les domestiques de Marcello, qui, suivant la coutume, accompagnent leur maître lorsqu'il vient recevoir son

souverain à l'entrée de ses do-
maines. Enrigo remarque avec
satisfaction le maintien modeste
du seigneur de Tralaveti, qui, arrivé à l'extrémité du pont, fait
éloigner ses écuyers, et tient lui-
même la bride du cheval que le
comte de Corse veut quitter.

« C'est à regret, Marcello, dit
Enrigo, que je vous oblige à dé-
truire une aussi agréable demeure. Quelle folie vous a fait
choisir, pour l'élever, un terrain
contesté ?

— Seigneur, répond Marcello,

vous ne déciderez pas sans examen?

— A Dieu ne plaise! Montrez-
moi les trois roches de granit et
le bois d'oliviers ¹ que votre père
indiqua comme les impérissables
limites qui vous séparaient des
seigneurs de Cinarca.

— Daignez, seigneur, avancer
jusqu'au-delà des jeunes liéges qui
entourent le préau, et là jugez-
moi.»

¹ Les racines de l'olivier, qui ne meu-
rent jamais, sont très-propres à indiquer
les bornes des propriétés.

Pendant que le comte de·Corse
et le seigneur de Tralaveti échan-
geaient ce peu de mots, les fils
d'Enrigo s'étaient réunis autour
de leur père, et la suite de Marcello s'était placée de manière à
suivre le suzerain et son grand
vassal. Un des serviteurs de Marcello, la tête baissée, le visage
presque caché par les plumes re-
tombantes de sa toque, se tenait
près du seigneur de Tralaveti
qu'Enrigo forçait à marcher sur la
même ligne que lui.

Arrivé au milieu du pont, le

comte de Corse s'arrête pour jouir
de la vue pittoresque que lui offre le cours du torrent, le déve-
loppement du château de Tralaveti, et la fraîcheur des jeunes
plantations qui l'environnent. Il
s'adresse à Giulio, à ses frères, et
leur montre, à l'extrémité de la
gorge qui s'ouvre devant eux, la
haute tour du *beffroi* de Venaco,
qui se dessine sur l'horizon. Les
enfans poussent un cri de joie et
nomment leur mère. Pour mieux
distinguer cet édifice des différens
pics qui s'élancent des montagnes
de *Bogognano* et de *Gualango*,

ils s'éloignent d'Enrigo, et se groupent à quelques pas de lui. Dans ce moment, Marcello saisit tout-à-coup le bras gauche du comte. Federici, qui a suivi pas à pas le seigneur de Tralaveti, reconnaît à-la-fois le signal dont ils convinrent et l'avantage de la position du comte, il s'élance et enfonce son long poignard dans le cœur d'Enrigo, qui tombe en appelant son fils Giulio. Les jeunes comtes se retournent au son de cette voix adorée; ils voient leur père renversé et des poignards briller dans toutes les mains. Les deux écuyers, le page du comte de Corse sont frappés sous leurs yeux..... Giulio, Luiggi, Rolando tirent leurs épées et se précipitent au milieu des assassins. Leurs faibles bras sont désarmés ; ils sont percés de coups et vont expirer sur le corps de leur père.

« Que tous périssent ! » crie Marcello en s'approchant des quatre derniers fils d'Enrigo , qui , selon leur coutume , sont réunis par couple, ainsi que le voulut la nature lors de leur naissance.

« Que cette race finisse, » répète
le seigneur de Tralaveti.

Alberto et Michele étendent
leurs débiles mains vers les meurtriers, ils s'agenouillent devant le
vassal de leur père, et courbent
leurs têtes innocentes à l'approche
de Federici, qui les enlève dans
ses bras sanglans, et les rejette
bientôt étouffés sur la poussière.
Le barbare se retourne alors, et
cherche les restes de cette illustre
famille ; il voit déjà loin de lui
Gioanni et Severino, enfans charmans, que leur mère préfère en

secret. Malgré leur faiblesse, ils fuyent rapidement; mais ils fuyent ensemble. Ils ont franchi l'extrémité du pont quand Federici court pour les atteindre. Ils entendent le bruit de ses pas.

« Viens, dit Severino à son frère, en s'approchant des bords du torrent; viens. »

Et tous deux se placent sur la pointe aiguë d'un roc qui s'avance au-dessus des eaux. Là, entrelaçant leurs bras, confondant les larmes qui inondent leurs petits visages, réunissant leurs lèvres pâles et froids, ils attendent l'approche du traître.

« Arrêtez, » leur crie-t-il ; car il veut verser les dernières gouttes du sang d'Enrigo.

Mais les jumeaux cèdent à la terreur que leur cause sa vue ; et en se pressant plus fortement encore, ils se précipitent dans le torrent.

Prodige inouï ! la terre s'émeut, le ciel s'obscurcit, les eaux s'arrê-

tent, les vents cessent de souffler,
un silence de mort règne sur la
nature. Pénétrés d'une horreur
secrète, et dans l'attente des maux
inconnus qui vont les frapper, les
hommes demeurent immobiles.....

Tout-à-coup une voix fait retentir les airs. Sort-elle du flanc des
montagnes, de l'abîme des eaux,
ou de ces épaisses nues abaissées
sur la terre malheureuse que
souille le sang le plus pur? Au
fond des forêts, au milieu des ci-
tés, sous le chaume du pauvre,
sous les voûtes du palais de Ve-

naco, la formidable voix résonne à l'oreille de tous. Malheur ! malheur ! entendent à-la-fois les sujets d'Enrigo et sa famille consternés. Malheur à toi, Corse ! Enrigo, ton seigneur est mort !!!

A ces accens funèbres et miraculeux, la troupe homicide fuit en désordre, et Marcello, qui a perdu le courage avec l'honneur, ne comprend point la pusillanimité qui le fait courir si rapidement vers son château, qu'il se hâte, avec les siens, de se mettre à l'abri d'une attaque qu'il redoute.

Il regrette alors les épaisses murailles crénelées, et les massives
portes de l'ancien château de ses
pères; il consulte Federici, et tous
deux donnent des ordres, que le
reste des gens de Marcello exécu-
tent sans zèle et sans espoir.....
A quoi servent ces barres, ces
meubles entassés? disent-ils entre
eux; ils ne nous défendraient point
contre les hommes, et c'est le ciel
qui nous menace!

Alors cessa le charme affreux
qui avait oppressé la terre et en-
chaîné les eaux. Tout reprit son

cours accoutumé dans la nature ;
mais le cœur de l'homme fut for-
mé pour de plus durables angoisses !

Ginevra, qui d'abord écouta,
muette et glacée, l'horrible et
surnaturelle annonce des maux
qui vont accabler son pays, et des
douleurs qui seront son partage,
Ginevra recouvre le mouvement, .
et parcourt éperdue le palais de
Venaco. Elle appelle de toutes parts
les gardes d'Enrigo, ses serviteurs.
Des vassaux, des barons accou-
rent. Une foule immense est bien-

tôt rassemblée autour du palais.
Des gémissemens, des sanglots
s'élèvent de toutes parts. Au milieu du préau, que les festons et
les trophées de la fête ornent encore, la comtesse de Corse se fait
entendre.

« Marchons, dit-elle, punis-
sons le crime et vengeons notre
prince ; courons sauver les fils
d'Enrigo..... »

A ces mots Ginevra tressaille ;
son cœur se serre ; sa vue se trou-
ble.

« Les fils d'Enrigo vivent-ils encore ? se demande leur mère ; peut-être il en est temps !... Courons, courons, répète Ginevra. »

Et elle s'avance vers ce même chemin qu'elle vit le matin même parcourir à son époux et à ses enfans. En vain Bianca veut s'opposer à son dessein. Celle qui seule lui donnera maintenant le nom de mère est repoussée par l'infortunée Ginevra, qui, malgré les prières de Bianca et les conseils de Guido, souffre qu'Antonio l'accompagne. Ce dernier fait prépa-

rer des chevaux, rétablit l'ordre
parmi les vassaux réunis tumul-
tueusement, et fait ouvrir la marche par les archers et hommes
d'armes qu'il a formés en corps.
Un même esprit semble animer
tous les sujets du prince adoré
qui n'est plus, et peu d'instans
ont suffi pour l'exécution des ordres du seigneur de Cinarca. Antonio suit Ginevra ; il veut lui
expliquer le plan qu'il a conçu ; il
veut savoir ce qu'elle-même craint
ou espère, et quelles sont ses ré-
solutions.....

« As-tu entendu la voix, lui répond la comtesse ; Enrigo est mort.....

— Mais vos fils ?

— Avançons , avançons , c'est tout ce que peut dire Ginevra ; son front est couvert de sueur ; ses yeux sont égarés , les muscles de son visage , fortement contractés , en ont changé l'expression , et sa chevelure , ses habits en désordre achèvent de la rendre méconnaissable ; sa vue augmente l'effroi et la fureur de tous. C'est une veuve qui va venger son

époux ; c'est une mère qui va sauver ses fils ; c'est une souveraine
qui va punir le crime. Hé ! quel
crime ! Le ciel même a voulu le
publier. Le ciel, d'accord avec les
sujets d'Enrigo, a gémi sur le
sort de la Corse, quand le pieux
et bon Colonna lui a été ravi. On
se rappelle sa justice, sa clémence ;
et son dernier combat contre les
Sarrasins, et son dernier bienfait
qui a délivré la Corse d'une ser-
vitude honteuse et cruelle, sont
également célébrés. Chaque Corse
donnerait sa vie pour racheter
celle d'un des fils d'Enrigo , et

pense, en frémissant, que la veuve
du prince qui obtint l'abolition de
l'exécrable droit qui décimait les
familles, ne jouira peut-être plus
du bonheur dont son époux a com-
blé toutes les mères.....

Il n'est point besoin d'exciter
les vassaux du comte de Corse.
Ils se hâtent, et leur empresse-
ment est tel, qu'il satisfait même
la poignante impatience de Ginevra. On aperçoit le pont et le château de Tralaveti. Au moment où
son sort va être fixé, la comtesse
reste immobile. Antonio la devance.

A peine a-t-il fait quelques pas,
qu'il voit étendu sur la poussière
les trois serviteurs du comte Enrigo ; plus loin il distingue un
manteau de pourpre, une toque
que surmonte un panache bleu. Il
approche.......; et bientôt, tour-
nant bride épouvanté :

« N'approchez pas, crie-t-il à
Ginevra ; malheureuse ! fuyez ! »

Ces paroles ont dévoilé la vérité
à la comtesse, mais elles ne l'arrêtent point. Dans l'excès de son
désespoir, elle puise un excès de

force, pousse son cheval, et s'arrête devant les corps de son époux, de cinq de ses fils.....

« Les voilà, » dit Ginevra.

Elle voudrait les reconnaître tous, s'assurer de l'étendue des horreurs qui l'environnent......; mais elle essaye en vain de distinguer ces traits déformés par de larges blessures ou les douleurs aiguës d'une mort violente. Elle redouble d'efforts pour compter combien de ses enfans sont couchés sur cette terre fatale. Un nuage

semble s'étendre devant ses yeux ;
elle ne discerne plus qu'une masse
horrible de chairs meurtries et de
restes sanglans ; elle sent que son
cœur cesse de battre, que ses
membres se roidissent, que sa vie
va fuir.....

« Severino ! Gioanni ! crie tout-
à-coup Antonio. Où sont-ils ?

— Quoi, dit Gineyra, ils ne
sont point là ? »

Un rayon d'espérance suspend
son agonie ; elle regarde autour

d'elle... Une nuance de plus d'horreur et de désespoir se peint sur
son visage ; elle ne parle plus ;
mais on cherche l'objet qu'indique
son bras roidi et étendu vers le
torrent. Ce sont ces derniers fils,
ces faibles et tendres enfans que
la violence des eaux a rejetés sur
l'étroite lisière de sable qui borde
le torrent, encaissé au-delà par
des roches escarpées. Baissant la
tête, fléchissant les genoux, et
n'essayant plus de résister aux
angoisses qui déchirent son âme,
Ginevra tombe dans les bras d'Antonio et de sa fille, qui l'entraî-

nent jusqu'au pied des murs du château de Tralaveti.

« Repaire du crime, dit le seigneur de Cinarca, tu vas être détruit ; mais le monstre qui t'habite n'essayera-t-il point de te défendre ? L'échafaud l'attend ! L'évitera-t-il sous tes ruines ?

En parlant ainsi, Antonio examinait le château de Tralaveti, qui, avec toutes ses issues fermées et le silence qu'observaient ceux qu'il renfermait, semblait un vaste tombeau. Quoiqu'il ne présentât ni

fossés, ni fortifications extérieu-
res, ces colonnes de jaspe, ces
cariathides de porphyre, ces gril-
les de bronze étaient des obstacles
pour les assaillans, qui n'avaient
transporté aucunes machines. Mais
tandis que le seigneur de Cinarca
cherchait le point le plus acces-
sible, les vassaux de la comtesse
avaient déjà décidé le genre d'attaque qui devait les rendre maîtres
de Marcello et de ses satellites.

Les oliviers, les jeunes arbres
résineux qui forment des bos-
quets ou des avenues autour du

château sont arrachés en un instant, mille mains empressées les traînent, les entassent contre les murs, contre les portes. Un immense bûcher s'élève. Le feu pétille de toutes parts, la flamme serpente à travers des flots de fumée qui dérobent la vue du château et obscurcissent le jour. Sans cesse alimenté, le feu acquiert une activité que chaque minute augmente, il embrase, il dévore tout. Les marbres éclatent, les pierres s'entr'ouvrent, les métaux changent de forme et coulent en ruisseaux ardens. Des

cris affreux percent à travers le
bruit des murs qui s'écroulent ;
derrière une étroite brèche on
voit s'avancer la troupe armée
des serviteurs de Marcello ; elle
est conduite par le sarde Federici qui cherche à lui frayer un
passage. Mais les archers de Venaco se portent vers ce point, et
le Sarde, et tous ceux qui le suivent, tombent successivement sous
leurs coups. Les blessés, qui rou-
lent expirer sur le sol rougi et cre-
vassé, envient leurs compagnons
atteints d'un trait mortel, et le
bruit, l'horreur de l'incendie est

encore augmenté par leurs gémissemens.

Assise sur un tertre et soutenue
par Bianca, la comtesse de Corse
regarde réduire en cendres le château de Marcello ; elle est immobile et silencieuse ; si elle respi-
rait avec moins de peine l'air embrasé qui circule autour d'elle, on
douterait de son existence. Enfin, la
violence des flammes a tout ébranlé, et les terrasses, garnies de ba-
lustres qui recouvraient le château, s'enfoncent à - la - fois. Des
tourbillons éclatans, des gerbes

étincelantes, un nuage de cendres s'élèvent du centre de l'incendie, comme d'un large cratère, et se dissipent dans les airs. Tout est consumé. Quelques colonnes noircies, quelques débris d'ornemens vitrifiés, resteront sur ces lieux à jamais célèbres par un grand crime et une grande vengeance.

« Pourquoi, s'écrie alors Antonio, n'ai-je pu t'arracher des flammes, ô Marcello ! C'est maintenant que je t'immolerais, et ton sang coulerait en bouillonnant sur ces cendres ardentes..... »

De vives clameurs interrompent
le seigneur de Cinarca.

« Voilà le traître, » dit-on de tous
côtés.

Et ses gardes amènent devant
la comtesse un homme hideux et
défiguré, qu'aux lambeaux de son
écharpe aurore, à son épée cise-
lée d'or et incrustée de turquoises,
on a reconnu pour Marcello. Il a
été saisi au moment où il fuyait,
par un souterrain, son château
embrasé.

« Tu es le seigneur de Tralaveti, lui dit Ginevra qui recouvre enfin la faculté de s'exprimer; réponds? »

Marcello, dont les habits, les mains, le visage portent les profondes et cuisantes traces des flammes qu'il vient de traverser, n'hésite point. Ses lèvres, gonflées, s'ouvrent difficilement ; mais sa voix est forte et assurée.

« Oui, je suis le seigneur de Tralaveti ; j'ai exterminé ton Enrigo et sa race. Où étais-tu, Antonio? où étaient tous les descen-

dans du grand Ugo? Pourquoi me
sont-ils échappés? Ordonne mon
supplice, Ginevra. J'aimerai à
mourir; car ma main, presque
consumée, ne pourra plus plon-
ger un fer dans le sein d'un Colonna, et mes yeux desséchés ne
pourront plus les voir expirer.

— Qu'il meure, dit Antonio.

— Qu'il meure, répètent tous
les Corses.

— Approche, Marcello, dit
Ginevra. Seigneurs, vassaux, écou-

tez-moi. Privés de biens, déchus
de noblesse, tous ceux qui portent le nom de Tralaveti sont dé-
clarés infâmes, et ce nom odieux
ne sera plus prononcé..... Mais
toi, Marcello, tu survivras à ton
nom, à ton rang; tu vivras pour
voir la honte de tous les tiens,
partager leur misère, entendre les
malédictions des Corses, et épou-
vanter les traîtres par tes longues
douleurs. Déjà tu souffres celles
qui sont réservées aux réprou-
vés..... Va montrer ce visage, affreux comme le crime. La veuve
d'Enrigo, de ton suzerain que tu

assassinas, la mère des Colonna.....
Tiens, les vois-tu..... Oui, Marcello, c'est moi qui te condamne
à vivre..... Mais qu'il s'éloigne....
Bianca, ma fille..... Oh ! je suis
encore mère ! Que mes yeux te
voient. ... Je suis heureuse ! je
meurs..... »

NOTICE HISTORIQUE.

NOTICE HISTORIQUE.

La Corse, qui fut d'abord peu-
plée par les Phocéens, après avoir
appartenu aux Carthaginois, aux
Romains, aux empereurs du Bas-
Empire et aux rois lombards,
fut envahie par les Sarrasins.
Charles-Martel, qui les combat-
tait partout, les en chassa un moment; mais ils revinrent s'y éta-

blir après lui plus solidement que jamais. Ils avaient en Corse des rois et des mosquées, et persécutaient les indigènes qui étaient chrétiens.

En 788, un seigneur romain, issu d'une des plus grandes maisons d'Italie, Ugo Colonna, se révolta contre le pape Étienne IV, qui s'en plaignit à Charlemagne. Cet empereur, dont la puissance était universelle, ordonna à Colonna de se réconcilier avec le souverain pontife, qui exigea, comme condition du raccommo-

dement, la délivrance de la Corse.
Ugo Colonna équipe des vais-
seaux, débarque à Aléria (en 788),
bat et chasse les Sarrasins, se fait
proclamer comte de Corse, et règne en faisant hommage de sa cou-
ronne au saint-siége : ridicule po-
litesse dont les suites furent mons-
trueuses, et que devait s'épargner
celui qui ne devait ses États qu'à
Dieu et à son épée.

Bianco, son fils aîné, lui succéda, et continua à résider dans le
palais de Venaco, qu'avait fait
élever son père, tandis que Ci-

narco , le second fils d'Ugo , vivait
dans le territoire qui s'étend de
Calco à Bonifaccio, qu'il avait reçu
en apanage.

Rolando , Rodolfo , Guido , descendans en ligne directe de Bianco,
régnèrent après lui.

Arrigo Colonna , fils de Guido ,
lui succéda. La perfection de ses
traits et de sa taille le fit surnom-
mer le Beau Seigneur , *il Bel Messere*. Son âme était aussi belle que
son corps ; il se fit adorer des Cor-

ses, qui n'ont jamais perdu le souvenir de sa domination. Il avait
épousé Ginevra de Torquati, dame
romaine d'une naissance illustre,
dont il eut une fille et sept fils.
La première, Bianca, épousa le
comte Antonio Forte, seigneur de
Cinarca, descendant, ainsi qu'elle,
du grand Ugo Colonna.

Une discussion s'étant élevée
entre le seigneur de Cinarca et
celui de Tralaveto, à propos d'un
château que ce dernier avait fait
élever sur un terrain appartenant
au comte Forte, Arrigo, leur su-

zerain, suivi de ses sept fils , se
rendit sur le pont de Tralaveto
pour examiner les lieux et entendre les arbitres. Au moment où il
allait faire reconnaître les droits
de son gendre , un Sarde nommé
Federici, apposté par le seigneur
de Tralaveto , le poignarda ; ses
enfans furent massacrés à l'instant
même par les gens de Tralaveto ,
et l'on dit qu'une voix cria dans
les airs : *È morto il conte Arrigo,
Bel Messere! e Corsica sarà di
male in peggio.*

Cet attentat exécrable , arrivé

en l'an 1000, ne demeura pas
long-temps impuni.

A la tête de ses comtes, barons
et vassaux, la veuve d'Arrigo vint
mettre le siége devant le château
de Tralaveto, qui fut pris et
brûlé, ainsi que tous ceux qui
appartenaient aux Tralavetani.
Cette famille fut dégradée de noblesse, son nom interdit, et le
chef, Piso, condamné à vivre dans
l'infamie. La mort d'Arrigo fut le
signal de la guerre civile. Tous les
membres de la famille Colonna
prétendirent à la souveraineté

et déchirèrent la Corse jusqu'à ce que les Pysans et les Génois s'en disputassent la possession.

NOTES

———

(a) Le pape, en reconnaissant Ugo Colonna pour souverain de la Corse, se réserva sur cette île plusieurs droits de suzeraineté, entre autres celui de dîmer les enfans. On a besoin de se rappeler les plus odieuses coutumes de l'antiquité et du moyen âge, pour s'interdire les réflexions qui naissent naturellement d'un pareil sujet. La dîme des enfans! Un prêtre de Jésus-Christ, prêchant l'Évangile et imposant l'esclavage aux enfans du pauvre! Cet exécrable usage, nommé *droit spirituel*, fut aboli à la prière d'Enrigo, qui envoya, à cet effet, l'évêque d'Aléria vers le souverain pontife. Les jeunes enfans des Corses, que jusqu'alors on avait enlevés à leur famille et conduits à Rome, y étaient traités avec douceur et employés à des fonctions qui n'avaient rien de servile; car, comme l'a fort judicieusement remarqué M. le vicomte de Châteaubriand, il n'y a jamais eu moyen de traiter les Corses en esclaves..... Mais la seule pensée de n'être point maître de choisir le lieu de sa résidence ou l'état qu'il doit professer, suffira toujours pour rendre l'homme malheureux. Il n'existe rien sur la terre qui puisse dédommager de la liberté.

(b) Othon II, surnommé *le Sanguinaire*, eut pour successeur Othon III, son fils, que l'on appela *l'Enfant*, parce qu'il monta sur le trône à l'âge de douze ou de treize ans. Il eut une femme libertine, qui, piquée d'avoir été refusée par un seigneur qu'elle sollicitait, l'accusa au contraire d'avoir attenté à son honneur. Le mari, faute d'examen ou par précipitation, condamna ce malheureux à la mort, et le fit exécuter; mais ayant reconnu son erreur, il fit brûler vive la calomniatrice. Devenu veuf, il manqua de parole à une veuve qu'il avait séduite sous promesse de mariage. Elle l'empoisonna. Il mourut jeune sans postérité. »

Tel est le court paragraphe consacré à la mémoire d'Othon III, dans le *Précis de l'Histoire universelle* d'Anquetil. Il s'en faut de beaucoup que l'histoire de cet empereur soit contée en de semblables termes dans les autres historiens que j'ai consultés; mais j'ai choisi la version qui me convenait le mieux. Il me fallait un empereur pèlerin, et je ne crois pas que l'on m'accuse d'avoir imposé légèrement à l'Othon d'Anquetil une pénitence assez en usage de son temps.

(c) Philippini rapporte qu'un empereur vint en Corse faire chevaliers le comte Arrigo et beaucoup de ses barons; qu'il fit *nobles* plusieurs insulaires; enfin qu'il confirma Arrigo dans la possession de la Corse, institua des juges, etc. Cet empereur n'est jamais nommé; la recherche de son nom serait d'un grand intérêt sans

doute, et l'on pourrait en tirer bon
parti en citant d'abord les auteurs que
l'on aurait consultés, puis en formant
des conjectures qui s'étendraient jusqu'à l'infini.....

On essaierait aussi d'expliquer
comment cet empereur vient confir-
mer un prince dans la possession d'un
État soumis à sa famille depuis deux
cents ans, comment il vient y nommer des magistrats, comment enfin il
exerce des actes de souveraineté dans
un pays sur lequel on ne lui connaît
aucun droit. Tous ces points seraient
curieux à discuter, et il ne faudrait
que beaucoup de connaissances et de

sagacité pour les éclaircir. Quant à
moi, j'ai trouvé le fait constaté : peu
m'importe la légitimité d'Othon III. Je
me suis crue seulement obligée d'at-
tribuer au hasard son passage en Corse;
car supposer qu'il arrive uniquement
pour créer des chevaliers, c'est ce que
je n'ai pu me résoudre à faire, quelle
que soit ma vénération pour le comte
Arrigo et ses barons..... On ne se douterait point, en lisant un petit conte,
de la peine qu'il donne à son auteur,
du moment qu'un fait historique doit
y être placé. Dates, lieux, actions,
toutes choses qui ne peuvent avoir été
que positives, sont si diversement rap-
portées, que l'on arrive au vague par

l'étude de l'histoire, comme par la lec-
ture de l'ouvrage le plus romantique.
J'ai cherché pendant deux ans le nom
du château où fut enfermé Richard-
Cœur-de-Lion. Plusieurs savans ont
daigné m'aider, et je peux maintenant
choisir entre Losenster, la tour de
Worms et le château de Kimbach. Je
ne sais si je dois me réjouir de cette
abondance; car il est possible qu'aucun de ces noms ne soit le véritable;
Dieu me garde pourtant de condamner les historiens qui ne s'accordent
point. J'ai vu la révolution française;
j'ai lu tous les mémoires que l'on a
publiés à propos d'elle, et je me suis
convaincue qu'il y a autant de façons

de voir et d'entendre, qu'il y a d'yeux et d'oreilles. Si donc on a écrit d'une manière aussi peu satisfaisante pour nous, *l'histoire que nous avons faite,* que devons-nous attendre de chroniqueurs qui nous apparaissent à travers des siècles, qui, barbares ou civilisés, sont toujours du temps ? Je sais que l'on peut profiter de ces contradictions. Il n'est pas indifférent, pour le grand Constantin, d'avoir été jugé par des chrétiens et par des païens ; enfin on gagne, à cette incertitude, le droit de n'adopter l'opinion de personne, de disputer contre tous, et de dire, avec le chevalier de Grignan : *Dieu est Dieu, je ne sais que cela de vrai.* Cependant il est toujours quelques circonstances d'un intérêt particulier, qui ne permettent point de considérer aussi philosophiquement la variété d'avis des auteurs. Plusieurs maisons corses ont des écussons en forme de cartouches, et on n'a pas manqué d'en arguer que c'étaient celles qui avaient fourni des chevaliers à l'empereur, ou qui en avaient reçu la noblesse, par la considération que l'écusson en cartouche est souvent employé en Allemagne, et j'ai de bonnes raisons pour désirer que cette opinion prévaille. Mais je prévois une difficulté ; on assigne l'origine des armoiries à l'époque des premières croisades, qui eurent lieu sous l'empereur

Henri IV, lequel, selon Pfeffel, régna quatre-vingt-dix-neuf ans après l'Othon qui fut contemporain du comte Arrigo.

Comment cela s'arrange-t-il? Je l'ignore, j'en conviens. Mais j'espère qu'il est encore des gens habiles qui expliquent tout et font concorder tout. J'ai vu décrire un monument dont on avait trouvé quatre pierres, d'après l'inspection d'une médaille si fruste, que l'antiquaire seul y apercevait un théâtre, des hommes et des bêtes. On l'entourait, on l'écoutait; je crois que l'on finit par voir avec lui les objets qu'il indiquait avec la pointe d'un cure-dent. Enfin, il fit imprimer une petite dissertation qui lui valut de grands éloges de la part de ses confrères, et combla de satisfaction le possesseur du champ où l'on avait découvert les quatre pierres et la médaille.

(d) Un savant moine nommé Glaber fut en effet le contemporain d'Othon III. On trouvera aujourd'hui que la pénitence qu'il imposa à Othon n'était point proportionnée à ses crimes, parce que nous avons sur les souverains des idées nouvelles, et l'on ne manquera pas de dire que le temps

où une croisade ou la fondation d'un
monastère rachetait tous les péchés,
était un fort triste temps. Préférerait-
on celui où l'impunité était toujours
le partage des princes? Le bien, ré-
sulté des croisades, est connu. Le com-
merce, les sciences, la liberté indivi-
duelle y ont également gagné, et c'est
être injuste de condamner une guerre,
parce que ceux qui l'entreprennent
suivent une croix et non un aigle.
Ceux qui justifient les conquêtes faites
en Europe ne peuvent blâmer celles
que l'on tentait en Asie. Quant aux
fondations de monastères, qui alors
servaient d'hôtelleries et où l'on ad-
mettait comme religieux les hommes

sans distinction de naissance, mieux
valait les obtenir que rien, d'un pé-
cheur repentant. Il n'était pas tres-en-
courageant pour un seigneur doué de
passions vives, de se rappeler que son
père n'avait reçu l'absolution d'un
rapt ou d'un meurtre qu'en diminuant
son héritage de deux ou trois cent
mille francs. Si les confesseurs n'eussent point exigé des grands cette espèce de réparation, ils auraient impu-
nément commis les crimes les plus
atroces ; car la justice civile ne pouvait les atteindre. Très-certainement
qu'il est mieux de conserver son innocence ; mais quand l'homme s'est
rendu coupable, faut-il le condamner

à jamais, ou l'absoudre sans condition? Dans le premier cas, on serait cruel; dans le second, imprudent. Mais on ne se bornait point, dira-t-on, aux ravisseurs et aux meurtriers. On troublait la conscience des mourans, et on leur faisait racheter, par de fortes sommes, des péchés imaginaires. Je n'admets pas qu'il soit très-facile d'inquiéter une conscience pure; mais la chose est possible. Alors c'est l'abus d'une coutume sage; et certes je ne le justifierai point; mais je demanderai, en soupirant, quel siècle fut exempt d'abus, et l'on regrettera peut-être, avec moi, que les confesseurs n'imposent plus de pénitences pécuniaires.

On affecterait ces fonds aux établissemens de bienfaisance, et toutes les lois
contre la mendicité pourraient être
mises en vigueur.

NOTE DE L'ÉDITEUR.

———

Ce mémoire, que l'on a bien voulu nous laisser joindre à la nouvelle historique de *Colonna,* contient sur la Corse des détails assez intéressans pour avoir motivé l'honneur que lui fit le feu Roi; et nous croyons qu'il sera agréable au public de recueillir de nouveaux renseignemens sur cette province encore peu connue.

———

MÉMOIRE

SUR LA CORSE.

~~~~~~~~~~~~~~~~~~~~~~~~~~~~~~~~~~~~~~~

MÉMOIRE

SUR LA CORSE,

PRÉSENTÉ AU ROI, ET RENVOYÉ LE 23 MAI 1819,
PAR ORDRE DE SA MAJESTÉ, AU MINISTRE DE
L'INTÉRIEUR ;

PAR LE Cte. JOSEPH DE BRADI,

Membre correspondant de la Société royale des Sciences,
Agriculture, Belles-Lettres et Arts d'Orléans.

AU ROI.

SIRE,

Lorsque la bonté de Votre Majesté s'occupe avec un égal intérêt
du bien de tous ses sujets, et

qu'elle médite sans cesse le bonheur dont elle veut les faire jouir,
il n'est point de Français qui n'é-
prouve le besoin de témoigner sa
reconnaissance à son souverain,
et c'est peut-être en donner une
preuve digne du cœur de Votre
Majesté, que d'oser mettre sous
ses yeux un mémoire relatif à la
Corse, au moment où elle a ordonné qu'une commission lui présentât un plan d'amélioration pour
ce département.

La Corse, environnée de ports
naturels, abondante en bois de

construction, voisine de Toulon, serait un des points les plus importans pour la marine, si ses montagnes rendues praticables, et ses torrens encaissés, permettaient l'exploitation de ses forêts. Riche en mines de fer, de cuivre, de plomb, d'alun, de salpêtre, de porphyre, de jaspe et de pierres rares, les mêmes moyens qui serviraient aux transports des bois, rendraient les mines l'objet de travaux aussi utiles qu'intéressans. Les plaines de la Corse sont aussi fertiles que celles de la Sicile; l'olivier, le mûrier, le cotonnier, la

vigne, le blé y croissent avec vigueur, partout où le roc n'est
point découvert ; les montagnes
sont couronnées de châtaigniers,
de chênes, de pins dont la hau-
teur et la dureté ne le cèdent en
rien aux arbres des antiques forêts de l'Amérique. Le peuple qui
habite cette île a dans tous les temps
fourni à l'Europe des hommes d'é-
tat et des guerriers. Pourquoi donc
la Corse réclame-t-elle des soins
particuliers ? Elle est pauvre d'ar-
gent ; mais ses productions, mises
en œuvre par l'industrie, ne se-
raient-elles point une source de

richesses bien supérieures à celles que l'Espagne échangea dans le Nouveau-Monde contre sa population, l'habitude du travail et un caractère désintéressé? Favorisée de la nature, que faut-il à la Corse pour ne point envier les provinces qui composent avec elle le royaume de France?

La Corse, Sire, a en soi le principe de tous les biens, mais il appartient à Votre Majesté de le développer. Des dépenses immenses, soit pour ouvrir des communications, soit pour former des établissemens, seraient insuffisantes.

Les lois françaises et leur exécution, mais leur exécution pleine, entière, sans exception de lieu ni de personne, sont le bienfait d'où découlera l'amélioration dont la Corse est susceptible. Toute distinction l'effraiera ou la découragera, et quand elle verra la prospérité et l'abondance régner dans vos États du continent, qu'elle y verra les individus et les propriétés respectés, la police active, la justice impartiale, elle regrettera toujours qu'une *loi spéciale*, fût-elle en sa faveur, la divise du reste de vos sujets.

Un seul moment, en 1790, la Corse fut régie en province française : son enthousiasme fut au comble. Quoique peu de départemens témoignassent plus d'aversion pour la révolution que la Corse , et y prissent une part moins active, elle en souffrit. Elle tomba au pouvoir de l'Angleterre, et fut ensuite tellement oubliée, que ce n'est que depuis 1814 qu'elle est représentée à la Chambre des députés [1]. Ainsi toujours

[1] Ce fut à la suite d'un placet présenté au roi, et d'une pétition adressée à la

victime de quelques exceptions, la Corse ne peut ni se réjouir de la Charte royale, ni se féliciter des lois sages qui gouvernent la France. Ou elle est exclue de leur juridiction, ou elle n'y est soumise que pour en désirer plus vivement l'exécution qu'elle n'obtient jamais qu'imparfaitement ¹.

chambre des députés par l'auteur, que l'on nomma des députés en Corse.

¹ On peut s'étonner de l'irrégularité des élections en Corse. Son respectable député, M. *de Castelli*, ne devrait point

La longue oppression des Génois, le déni de justice, donnè-
rent à quelques-unes des vertus des Corses une extension qui
n'est plus désirable. C'était l'horreur du meurtre qui les ar-
mait du stylet [1]. C'était l'honneur,

siéger seul à la Chambre. Le second député n'a point l'âge requis par la Charte,
et la Corse ne fait valoir que la moitié
d'un des plus beaux droits accordés par
le roi à ses sujets.

[1] La république de Gênes distribuait
des lettres de grâce aux assassins avant
qu'ils eussent commis le crime.

dans l'acception chevaleresque de ce mot , qui en faisait des rebelles [1]. C'étaient les penchans belliqueux de ce peuple qui donnaient à ses tyrans un moyen de plus de l'asservir en fomentant les haines , en encourageant les guerres privées. Mais tandis que les Corses défendaient leur vie et leurs antiques souvenirs contre

[1] La république faisait brûler les titres de noblesse , effacer les armoiries , et défendait que dans aucun acte les gentils-hommes fussent qualifiés par leurs titres héréditaires.

un indigne pouvoir, il leur fallait repousser les Turcs qui pénétraient jusque dans l'intérieur de l'île. Ils ne subsistaient qu'en combattant. Il résulta nécessairement, de cette agitation perpétuelle, une grande exaltation dans les passions , une ignorance profonde parmi le plus grand nombre , et une pauvreté qui , vers les derniers temps , accélérait de la manière la plus effrayante l'anéantissement des meilleures familles [1].

[1] Messire *Domenico Bradi* , ancien seigneur de Bisogene , d'Aravo et de Brezza ,

Ce fut après avoir réduit les Corses à cet état déplorable que Gênes se plaignit de les trouver difficiles à gouverner. Elle fit re-

disposait par testament, en 1650, de terres dont le circuit était de dix lieues. Le comte *Raffaello Bradi*, un de ses aïeux, en avait possédé de bien plus considérables, et leurs descendans pourraient, comme les gentilshommes bretons, mettre leur épée au bout du petit champ qu'ils labourent de leurs mains, sous les murailles de Sartène, que leurs ancêtres contribuèrent à élever ; circonstance qui leur valut l'honneur d'être mis au nombre des fondateurs de cette ville.

tentir l'Europe du bruit de ses querelles avec un peuple qui venait de la forcer à le nommer elle-même *l'épée et le bouclier* de la république [1] ; et les calomnies qu'elle répandit contre lui , firent naître des préjugés qui ne sont peut-être pas encore détruits. Mais la France n'eut jamais à punir de révolte en Corse. Une seule fois les habitans de cette province méconnurent les Français depuis la réunion , et ce fut le jour où un

[1] En 1672, lorsque le duc de Savoie attaqua l'État de Gênes.

bataillon, se disant Marseillais, débarqué à Ajaccio, et traînant après lui l'instrument d'un nouveau supplice, vint leur apprendre, par des cris affreux et un massacre, que la liberté aussi pouvait enfanter la terreur. Les Corses repoussèrent cette horde qui leur donna le nom de rebelles, dont ils s'enorgueillirent. Excepté cette occasion glorieuse, ce peuple, accusé jusqu'alors de turbulence, s'est montré soumis et fidèle, et il n'aspire qu'à partager le sort de ses compatriotes du continent. Régi par les lois fran-

çaises, le Corse remettra aux magistrats le soin de venger ses in-
jures personnelles, et la punition
du crime ne sera plus appelée
vengeance, mais justice. Pourquoi
donnerait-on des lois spéciales à
une des provinces du royaume,
lorsque la prospérité de ce royaume atteste que l'exécution de ses
lois a maintenu l'ordre dans les
circonstances les plus difficiles, et
que son mode d'administration a
suffi pour réparer les maux d'une
guerre désastreuse ? Que Votre
Majesté ne sépare point des sujets
qui lui sont également dévoués :

c'est le vœu des Corses ; c'était la volonté de l'auguste aïeul de Votre Majesté, qui sut démêler la vérité à travers tant de calomnies, et jugea les Corses dignes d'être assimilés aux Français.

Le règne de Votre Majesté deviendra l'époque d'où les Corses dateront leur bonheur, si en les faisant gouverner par les lois de France, Votre Majesté joint à ce bienfait celui de l'instruction publique.

L'enseignement mutuel, cette

découverte admirable qui devait n'être introduite en France que sous un monarque religieux, philosophe et propagateur des lumières, est peut-être le seul moyen de redonner à la Corse l'aspect que plusieurs siècles de guerre lui ont fait perdre. Toujours au-dessus ou au-dessous du commun des peuples, le Corse est l'ouvrage d'une imagination que nul soin n'a réglée. Abandonné dès son enfance aux mouvemens d'une âme énergique, il s'agite sans but, s'épuise sans succès, et s'assoupit sous le poids de vains

efforts qui n'ont produit que des
méditations stériles ou des projets
gigantesques.

Aussi la politique et la guerre,
sciences encore plus naturelles
qu'acquises, sont-elles avidement
embrassées par les Corses dès
qu'ils peuvent les cultiver. Si dans
la jeunesse on leur avait ouvert la
carrière des lettres et celle des
arts, si leur esprit ardent était
dirigé vers des études paisibles et
des travaux utiles, ils n'ambition-
neraient qu'une gloire à laquelle
ils pussent atteindre, et sauraient

mesurer l'espace qui les en sépa-
rerait.

L'enseignement mutuel, essen-
tiellement méthodique, modére-
rait une exaltation souvent nuisi-
ble dans le cours ordinaire de la
vie ; il forcerait à raisonner avant
que d'agir. Sa marche progressive
ferait naître des idées d'ordre, et
la nécessité de s'instruire réci-
proquement corrigerait de la présomption si naturelle à la jeunesse.
Cette méthode d'instruction, où
le corps même exécute des mouvemens prescrits, détruirait peut-

être l'aversion que les Corses en
général semblent avoir pour tous
les métiers, et les conduirait à
penser que la raison choisit les
travaux les moins brillans s'ils
sont nécessaires, tandis que l'am-
bition ne trouve à s'occuper que
dans les cours ou dans les camps [1].

---

[1] Tel est le caractère des Corses. Dans
les villes on trouve de vrais philosophes
aussi sensés qu'instruits, mais auxquels
l'éducation a fait perdre, si l'on peut
s'exprimer ainsi, *l'air de famille*. Il y a
une classe de la société qui se ressemble
partout. Mais l'auteur a dû peindre la
masse. Le berger corse, qui n'a jamais vu

L'enseignement mutuel n'aura point de contradicteurs en Corse. Les ecclésiastiques, pendant si

de livres que dans les mains de son curé, sait le Tasse par cœur, et improvise sur les sujets qui l'affectent. Il préférerait le fusil à la houlette; et lorsqu'on le voit assis sur la pointe d'un rocher, parcourant des yeux l'espace immense qui l'environne, il est facile de deviner que son troupeau n'est pas toujours le seul objet de sa pensée. Une nature imposante, le voisinage de la mer, des guerres continuelles, une communication difficile avec d'autres États, telles sont sans doute les causes qui donnent au peuple corse une physionomie particulière.

long-temps chargés seuls de l'éducation, y sont éclairés et remplis
de zèle; ils ne laisseront point
passer en d'autres mains ce pouvoir irrésistible qui s'acquiert sur
les esprits par la première instruction, et ce moyen si simple
de développer les dogmes religieux en enseignant deux connaissances devenues indispensables.
Les religieux Corses savent que
l'ignorance, mère de la superstition et jouet de l'imposture, est
ennemie de la sublime doctrine
qu'ils enseignent. Les schismes,
les hérésies, l'incrédulité, auraient

eu un bien petit nombre de sec-
tateurs, si le peuple avait pu discuter avec ceux qui les profes-
saient; mais condamné à n'avoir
de lumières que celles qui lui sont
transmises, que devient l'homme
privé d'instruction devant le fol
enthousiaste ou le froid raison-
neur? Il s'étonne, il admire et se
soumet à la puissance qu'exerce
sur lui un langage nouveau, un
maintien assuré que la conviction
de n'être point réfuté porte jusqu'à l'insolence. Nos prêtres, pénétrés des vérités du christianis-
me, persuadés qu'il est fait pour

éclairer l'esprit comme pour tou-
cher le cœur, certains que la re-
ligion sortira toujours triom-
phante des discussions dont elle
sera l'objet, nos prêtres, loin de
s'opposer à l'établissement des
écoles d'enseignement mutuel, sai-
siront ce nouveau moyen d'incul-
quer leurs principes à la jeunesse,
et d'être utiles, sous un rapport
de plus, à leurs concitoyens. Les
Corses, ne professant que la reli-
gion catholique romaine, nulle
réclamation ne s'élèvera pour que
ses ministres, obligés partout à
l'austérité envers eux-mêmes et à

la douceur envers autrui, soient
privés du droit d'instruire ceux
qu'ils doivent dans la suite exhor-
ter, punir et consoler.

Deux pensées seules, Sire, m'ont
enhardi à présenter ce court mémoire à Votre Majesté : c'est la
bonté particulière dont elle semble vouloir honorer la Corse, et
l'amour que j'ai conservé pour
mon pays, quoique vivant depuis
vingt-cinq ans dans celui qui jouit
du bonheur d'être gouverné im-
médiatement par Votre Majesté.
J'ai pu connaître et comparer la

France et la Corse, et j'ose répéter à Votre Majesté qu'il suffit à cette dernière d'obtenir les lois françaises, leur exécution, et un mode d'enseignement adapté, par son économie, à la médiocrité de la fortune du plus grand nombre.

UNE VISITE

A L'HOSPICE.

UNE VISITE

A L'HOSPICE.

ANECDOTE VÉRITABLE.

When you avoid a painful sight, you think
you are a man of feeling; you are but sel-
fish. It is by contemplating the woes of
mankind, that we learn how to relieve
them. ADDISSON.

Quand vous fuyez la vue d'un spectacle
affligeant, vous croyez être sensible,
vous n'êtes qu'égoïste. C'est en voyant
souffrir les hommes qu'on apprend à les
soulager.

Sir Richard Hartopp, à Paris
depuis un mois, venait de relire
quelques pages de son journal de

voyage, et consultait son *itinéraire*, manuscrit précieux pour
lui ; car la main d'un père chéri
l'avait tracé peu de temps avant
qu'une mort prématurée l'eût ravi
à la tendresse de son fils unique.
Le jeune Richard se conformait
scrupuleusement aux avis que renfermait cet *itinéraire*, qui, outre
l'indication des lieux qu'il devait
visiter, contenait aussi plusieurs
réflexions sur le fruit que l'on
peut retirer des voyages, et sur
les différentes manières d'obser-
ver les hommes et les choses.
Cette phrase arrêtait Richard de-

puis un moment : « Ne vous pres-
sez jamais de visiter les monumens que l'on vous indiquera d'a-
bord, et quand on voudra vous
conduire au sud d'une ville, diri-
gez-vous vers le nord; ce sera le
moyen de voir du nouveau : faites
en général le contraire de ce que
vous conseilleront les indigènes et
ceux de vos compatriotes que vous
rencontrerez; vous serez presque
sûr de bien faire. » Richard ne
pouvait s'empêcher de trouver
qu'un peu d'originalité était mêlé
à la sagesse de ce discours; mais
comme il n'était pas exempt lui-

même du désir de s'écarter de la
route battue par tous ses prédé-
cesseurs sur le continent, il reli-
sait avec intérêt cette opinion de
son père, quand son ami, le chevalier de Mervel, entra chez lui
en fredonnant un des airs les plus
délicieux de la *Gazza ladra*.

« Ah ! Richard, quelle musique !
Avez-vous déjeuné ?

— Je finis à présent ; mais si
vous veniez déjeuner avec moi,
je vais sonner Tom.....

—Non, mon cher, non. Ne
perdez pas une minute. Vite,
vos chevaux, et partons pour le
Champ-de-Mars. Mademoiselle
Garnerin s'enlève dans une heure.
Il sera midi..... Nous traverserons
le pont d'Iéna..... A propos de
pont, je ne me battrai pas contre
Blomer, il est mort ce matin.....
Je n'ai plus aucun plaisir à dire le
pont d'Iéna, depuis que ce pauvre
Prussien ne m'entend plus.....
Pourtant cette affaire ne me regardait pas du tout..... Nous traverserons donc le pont, et nous irons
au bois de Boulogne, qui sera su-

perbe aujourd'hui. Miss Elmouth
y sera, Richard..... Eh! bien.....
écoutez donc, mon ami; si vous
n'en voulez pas, je me présente-
rai. Elle est très-belle miss Elmouth, et pour un fils d'émigré
jusqu'à la restauration, sa dot
n'est pas à dédaigner. Allons, par-
tons-nous ?

— Je ne crois pas aller de ce
côté aujourd'hui.

— Sûrement que depuis l'autre
jour vous n'avez été au bois de
Boulogne ?

— Eh ! mon Dieu non.

— Comment ? pas encore ? Mais
que faites-vous donc, mon cher
Richard ? Vous n'avez rien vu.
Laissons miss Elmouth, que vous
regardiez à Londres avec d'autres
yeux ; c'est pour vous que je parle.
Vous ne connaîtrez pas du tout
Paris. Vos compatriotes vous blâ-
ment hautement ; ils ne vous rencontrent nulle part. Prenez garde
à la mauvaise compagnie, je vous
en prie..... Tenez, madame de
Saint-Albin vous a distingué. Hier
encore, elle me parlait de vous.

Elle est à Passy; je vous conduirai; elle nous retiendra à dîner. Elle est d'une gaîté folle. Une partie de barres dans son jardin anglais vous fera grand bien. Quelle matinée! ce premier soleil! ce vert d'avril! j'aime la campagne comme un poète, quand il fait beau. »

Pendant que Mervel parlait ainsi, Richard avait mis ses bottes, son habit, et regardait attentivement un petit plan de Paris accroché à la tapisserie de sa chambre. Il sonna Tom, qui parut aussitôt.

« Sellez *swallow*, dit Mervel au groom de son ami.

— Non, interrompit Richard, je vais prendre un fiacre.

— Comment, un fiacre, s'écria Mervel ; vous voulez aller au Champ-de-Mars en fiacre ? Arriver chez madame de Saint-Albin en fiacre ? En fiacre au bois de Boulogne !

— Mais je n'y vais pas.....

— Où allez-vous donc ?

— Au faubourg Saint-Jacques.

— Au faubourg Saint-Jacques !
Hé ! pour Dieu, qu'allez-vous faire
là ?

— Voir l'école de médecine,
très-beau monument, que je me
reproche de n'avoir point encore
visité.

— Et vous choisissez le premier
beau jour de l'année pour aller
dans le quartier le plus triste, le
plus misérable.

Ah ! *l'Odéon, Saint-Sulpice, le Luxembourg.....*

—Oui, même *les Sourds-Muets, les Enfans-Bleus* sont par là. Mon ami, je vous admire ; mais comme nous n'allons pas du même côté, je ne vous attends point. Vous ne rencontrerez pas de gens de connaissance par là , et vous avez bien raison de laisser reposer *swallow*. Adieu , mon cher Richard ; vous me conterez cette promenade, n'est-ce pas? Adieu.

—Adieu, étourdi, répéta aussi

Richard , qui se crut un sage , parce qu'il montait dans un fiacre délabré et suivait les rues crottées et tortueuses qui le conduisaient vers le pays latin , tandis que son ami , sur un cheval fringant , galopait autour du landaw de lady Elmouth qui regardait dédaigneusement la colonne de la place Vendôme , les galeries de la rue de Rivoli , et demandait à sa fille si ce *tedions* soleil de France ne lui donnait pas la migraine. Cet astre était loin d'offenser, par son éclat, Jovanna Elmouth, dont la beauté ne craignait que les té-

nèbres ; et, loin de se dérober à
l'action de la resplendissante pla-
nète, elle avait relevé son voile,
et penché son ombrelle de manière
à être vue non-seulement de Mervel, mais de tous les curieux que
l'ascension de mademoiselle Garnerin attirait au Champ-de-Mars.
On dit même que la très-honora-
ble miss Elmouth, oubliant ce
jour-là les principes que lui avait
inculqués sa seigneurie lady Elmouth, et sa grâce le duc d'A-
ber....., père de cette dernière,
regarda plusieurs fois avec bienveillance une trop grande quan-

tité de Français, pour qu'il ne s'en
trouvât pas dans le nombre quelques-uns qui n'eussent eu le *tort*
de porter les armes contre la vieille
Albion pendant les vingt-trois ou
vingt-quatre années de guerre qui
viennent de s'écouler : tort qui
annonçait des opinions que l'on
ne pardonnait pas plus dans la famille des Elmouth que dans celle
des Mervel. Quoi qu'il en soit, Jovanna ne put entendre sans émotion les éloges qui retentissaient
autour d'elle, ni voir sans plaisir
l'effet qu'elle produisait, et lorsque les chevaux du landaw, arrê-

tés dans leur course par une lourde
charrette de roulier, blanchis-
saient leur frein d'écume, frap-
paient le pavé et effrayaient le
cocher, Jovanna, au lieu d'écouter les plaintes de sa mère sur les
rues de Paris, recueillait les té-
moignages d'admiration des pas-
sans, et ne trouvait rien de plus
gai que la rue du Bac, où chaque
piéton s'écriait en la regardant :
« Oh ! la belle Anglaise ! » Est-ce
une bouche ennemie qui peut articuler de semblables paroles ?
Jovanna ne le pensait point. Aussi
la bienveillance vint - elle orner

son visage d'un charme irrésistible, et si Richard Hartopp eût
accompagné Mervel, cette nouvelle expression eût peut-être détruit le souvenir fâcheux qu'il avait
gardé du dernier cercle de son
ambassadeur, quand il avait vu
miss Elmouth employer, pendant
une soirée entière, toutes les ressources de la coquetterie pour
fixer auprès d'elle la foule de jeunes gens qui se bornaient à un premier hommage. Mais ce n'était
point le faubourg Saint-Germain,
c'était le faubourg Saint-Jacques
que sir Richard devait visiter ce

jour-là. A la simplicité de son équipage, on aurait pu le prendre pour un auteur qui va s'informer auprès de son libraire du succès de l'ouvrage qu'il vient de mettre en vente. Cependant une certaine sérénité répandue sur tous ses traits nuisait à l'illusion. Ce n'est pas avec un teint aussi fleuri et des yeux aussi reposés que s'acheminent vers ce quartier les savans, les romanciers ou les poètes qui ont des comptes à régler. Arrivé devant l'école de médecine, Richard descendit de son fiacre, et après avoir examiné la façade de l'édifice, il s'adressa au concierge pour être introduit dans l'intérieur. Une conversation s'engagea entre l'Anglais et le concierge, et le premier apprit ainsi, qu'un professeur dont le nom et les écrits étaient également célèbres, venait de terminer son cours, et de se rendre dans un hospice voisin, pour y donner aux indigens des consultations gratuites. « Admirable philantropie, s'écria Hartopp, admirable désintéressement ! Un homme dont le temps est si précieux, le consacre à soulager cette classe respectable et dédaignée...»

Sir Richard était ce que l'on appelle *libéral*, c'est-à-dire que son père, membre du parlement britannique, ayant siégé du côté de l'opposition, Richard, qui ne doutait point d'être élu à son tour, professait les mêmes principes politiques. Une sensibilité extrême exaltait encore ses opinions, et il suffisait de souffrir pour intéresser toutes les affections de Richard, qui croyait agir en homme d'état, se prononçant pour son parti, quand il suivait naturelle-

ment l'impulsion de son bon cœur.
Déjà rempli de vénération pour
le docteur ℧, Richard voulut le
connaître personnellement, et s'é-
tant fait indiquer l'hospice par le
concierge, il s'y rendit sur-le-
champ. Sous une voûte sombre et
basse, un portier, interrogé par
Richard sur le lieu où se donnaient
les consultations gratuites, répondit brusquement : « Allez au fond
de la cour. » Cette cour, plantée
d'arbres et assez spacieuse, était
entourée de hauts bâtimens dont
la régularité et les fenêtres nom-
breuses auraient rappelé les an-

ciens cloîtres, si l'on y eût trouvé
cet ordre et cette propreté qui
dans les maisons religieuses se faisaient remarquer depuis la mense
abbatiale jusqu'au logis du jardi-
nier. Tout était nouveau pour Richard dans un établissement de
cette espèce ; il voulut le connaître en détail, et comme il faisait
exactement le tour de la cour, il
passa devant une grande salle
dont la porte ouverte laissait voir
une partie de l'intérieur rempli
de bancs. En avançant dans cette
salle, Richard aperçut, dans un
coin, une femme qui pleurait sans

doute, car elle tenait appuyé sur
son visage un mouchoir qui semblait humide..... Richard consi-
dère cette infortunée ; ses vêtemens étaient d'une étoffe trop fine,
d'une couleur trop éclatante pour
sa situation : des gants couvraient
ses mains d'une petitesse extrême ;
la beauté de ses cheveux, l'élégance de ses formes arrêtèrent les
regards d'Hartopp. Il voulut voir
la figure d'une femme qui, absor-
bée dans une douleur profonde,
avait encore une attitude si gra-
cieuse..... Il feignit de se heurter
contre un banc..... L'affligée, lais-

sant alors tomber son mouchoir,
découvrit un petit visage enfan-
tin, dont l'affliction rendait le
charme plus séduisant encore. Ses
deux grands yeux, brillant de
tout le feu de la jeunesse et de
l'intelligence, se fixèrent sur Richard, et sa peau transparente se
colora du plus vif incarnat, quand
l'Anglais, qui avait ramassé pré-
cipitamment le mouchoir de l'inconnue, le lui présenta en s'excu-
sant de l'avoir peut-être effrayée...
La voix de Richard tremblait, car
le mouchoir était trempé de larmes..... « Pardon, mademoiselle,

répétait-il, pardon; » et il ne savait qu'ajouter pour obtenir un mot de cette jeune fille, qui l'avait simplement remercié avec un geste de tête ; mais un regard si pénétrant et si doux avait accompagné ce signe, que Richard, après un instant d'hésitation, reprit ainsi :

« Sans doute, mademoiselle, que vous ne venez point consulter le docteur Ω ?

— Oh! non, monsieur, je ne

me porte que trop bien, répondit la jeune personne.

— Trop bien? dit sir Richard
en souriant.

— Hélas! oui, j'aimerais mieux
être malade que de voir..... »

L'inconnue ne put achever, des
sanglots l'interrompirent, et Richard, oubliant toute espèce de
considération, saisit une de ses
mains, et lui dit, avec l'énergie
d'un Anglais vivement ému:

« Je vous en conjure, dites-
moi si je peux vous être utile.
Est-ce votre père, votre mère qui
souffrent ?

— Non, monsieur, c'est le fils
de ma sœur, notre pauvre petit
Léon. Ma sœur est là-bas qui attend au pied du grand escalier,
avec les malades, que le médecin
arrive. On nous avait dit de venir à huit heures..... et midi va
sonner.....

— Quatre heures d'attente !
c'est bien long.....

— Je le trouvais aussi..... J'ai
cherché dans l'hospice s'il n'y avait
pas une chapelle où je pusse aller
prier Dieu pour la guérison de
Léon, car il est bien mal, monsieur, bien mal..... Mais pas seulement une madone ! A qui donc
s'adresser ?

— Le docteur Ω est un homme
très-habile.....

— Il ordonnera des bains, des
potions, et.....

La jeune fille se tut en baissant
les yeux, et cessa de parler; mais

la conversation était engagée, et Richard, profitant de la naïveté de son âge, obtint une confidence entière.

L'histoire de Gemma n'était point longue; elle était née, ainsi que sa sœur, à Florence, de parens distingués. Orphelines dès l'enfance, un tuteur avait mal administré leurs biens, et c'était avec une faible dot que sa sœur Parsilia avait été mariée à un colonel français attaché au service de la grande-duchesse de Toscane, Élisa Bonaparte. Élisa ne régnait plus. Le colonel, rentré en France, avait été accusé de conspirer ; condamné par une commission militaire, il errait contumax en Amérique, et sa femme sans fortune, dans un pays étranger, avait en bien peu de temps épuisé les ressources que lui avait laissées le rang qu'elle occupait à la cour de la grande-duchesse. Ses bijoux, ses habits étaient vendus, et, à la suite d'une longue maladie, une plaie s'était ouverte au bras de son fils ; elle ne pouvait recourir qu'à des secours gratuits ; il ne lui restait plus *rien*. Gemma appuya douloureusement sur ce mot ; enfin, ajouta-t-elle, nous pouvons même à peine travailler, quand nous sommes parvenues à nous procurer de l'ouvrage, car Léon, qui souffre toujours, ne cesse de crier que lorsqu'il est dans nos bras. On avait offert à ma sœur d'entrer comme cantatrice à l'Opéra-Buffa ; elle a refusé. Elle accepterait tout maintenant........ Mais cette ressource nous manque. Parcilia a perdu sa belle voix.

« Et vous n'avez sollicité auprès

de personne ? demanda sir Richard.

— Pardonnez - moi , répondit
Gemma.

— Hé bien ?

— Hé bien , monsieur, Parsilia
n'a jamais voulu retourner chez le
seul homme qui pouvait nous être
utile..... Elle m'embrassait en
pleurant , lorsque nous sortîmes
de chez lui , et me disait : Ma
sœur, ma Gemma , nous mour-
rons , mon Léon aussi.... J'aime
mieux que tu meures.... Je ne

sais pourquoi elle me parlait ainsi, car je n'ai pas entendu ce que lui disait cet homme, qu'elle m'a défendu de nommer.

— Ah! je devine ce que votre sœur vous a caché.....

— Je vais retourner auprès d'elle, dit alors Gemma ; si vous venez aussi à la consultation, ne dites pas à ma sœur que vous m'avez trouvée pleurant..... S'il y avait eu seulement un saint à prier ici, il m'aurait encouragée.

— Peut-être Dieu vous a-t-il entendue, répondit Richard en suivant la jeune Italienne, qui le conduisit à l'extrémité de la cour, dans un vesibule, où, assis sur les marches d'un large escalier de pierre, trente personnes environ attendaient la venue du docteur Ω.

Richard reconnut sur-le-champ la femme du colonel C****, à sa ressemblance avec sa cœur. C'était la même grâce dans la taille, la même régularité dans les traits, mais ce n'était point l'expression naïve de

Gemma, ni sa fraîcheur; les beaux
sourcils de Parsilia se contrac-
taient souvent; ses joues et ses
lèvres étaient presque aussi pâles
que son front, et ce qui surtout
la distinguait de sa sœur, c'était le
peu d'attention qu'elle donnait
aux objets qui l'entouraient. Ab-
sorbée dans la triste contempla-
tion d'un enfant de trois ans qui
paraissait prêt à expirer, la malheureuse Parsilia semblait ne vouloir perdre ni un de ses regards,
ni un de ses gémissemens, et sir
Richard l'ayant saluée en vain, allait s'éloigner, si des portes, s'ou-

vrant avec fracas à l'étage supérieur, plusieurs malades ne se fussent précipités dans l'escalier, en s'écriant que le docteur allait commencer.

Dans une vaste salle, éclairée par le plafond et dont Richard remarqua la belle proportion, commença une nouvelle attente. L'Anglais vit avec peine les malades se placer sur une banquette de cuir d'une malpropreté révoltante, et qui, par de larges trous, laissait échapper de grosses touffes de crin et de bourre, à des distances

si rapprochées, qu'il n'existait plus
une place *entière*. Était-ce parce
que des misérables devaient seuls
se reposer sur ce siége; qu'on le
laissait couvert des lambeaux de
la misère. Cette réflexion oppressa
Richard. Il observa plus attentivement les tristes objets qui remplissaient cette salle. Des figures
hâves, des yeux éteints, des membres contournés, partout des traits
altérés par les souffrances aiguës;
l'expression du désespoir ou du
découragement; et sur plusieurs
visages le vice encore subsistant à
travers les maux qu'il avait cau-

sés... Parsilia, penchée sur son fils comme pour lui dérober la vue de ces compagnons d'infortune, et Gemma debout, que son immobilité eût fait prendre pour une belle cariatide, si sa physionomie charmante n'eût exprimé alternativement la curiosité et l'effroi. Après avoir promené ses regards autour de la salle, elle les arrêta sur Richard, et lui montrant de la main sa sœur courbée, qui ne pouvait l'apercevoir, un sourire, plus déchirant que les larmes, dévoila à Richard l'âme la plus sensible, qu'un sentiment aussi tendre qu'il

était légitime navrait dans cet
instant. Richard allait se rappro-
cher de Gemma, quand un gar-
çon de l'hospice, les bras nus
jusqu'aux coudes et enveloppé
dans un grand tablier, ouvrit avec
violence les deux battans d'une
porte qui, de la salle d'attente,
communiquait à une longue galerie conduisant dans les infirme-
ries. Du haut de la galerie s'avança
alors le docteur Ω, entouré d'étudians dont quelques-uns étaient
aussi âgés que le professeur lui-
même. Tous entrèrent dans la
salle en causant très-haut et af-

fectant l'air indifférent, léger et
haïssable, reproché dans tous les
temps au *pouvoir invoqué*. Toujours précédé par l'infirmier, le
maître et les élèves traversèrent
rapidement la salle d'attente, et
furent s'établir dans une pièce voisine disposée en amphithéâtre, et
à l'entrée de laquelle on avait pra-
tiqué une espèce de cabinet demi-
circulaire qui s'ouvrait dans toute
sa largeur sur les gradins. Le
docteur s'assied près d'une table
qu'entourent les étudians, et sur
laquelle on a posé quelques instrumens. Les malades, derrière

la cloison que forme le cabinet, sont appelés successivement. Richard s'est établi sur le premier banc de l'amphithéâtre; comme spectateur, il est seul. Richard est très-ému; mais il est observateur et Anglais; il tire sa montre; les consultations commencent. Les malades veulent exposer leur état; soin inutile. Deux questions, quatre tout au plus suffisent au docteur Ω. Il regarde le consultant, ne lui répond jamais, et adresse à ses élèves quelques observations. *Il professe.* Ces élèves, penchés sur le malade, lui entr'ouvrent la

bouche, tâtent son pouls, posent
sur la poitrine un long tuyau qu'ils
appliquent à leur oreille, et le
patient, presque suffoqué par la
foule qui l'assiége, interdit des
mouvemens précipités et brus-
ques qui le font mouvoir, est enfin
lancé hors de l'enceinte, et reçoit
une consultation dictée par le docteur avec une rapidité qui semble
magique. Quelquefois la scène est
égayée par la naïveté d'un campa-
gnard, dont la voix sonore couvre le timbre grave du docteur,
et qui se plaint de douleurs que
le savant professeur juge incom-

patibles avec la maladie dont
il se déclare atteint. Quelquefois
aussi le docteur Ω, aussi spirituel
que profond, sait, par un mot pi-
quant, varier ses démonstrations;
son enjoûment excite l'hilarité de
ceux qui l'écoutent, et l'on rit aux
éclats devant le phthisique dé-
charné, ou le scrophuleux livide,
qui apprennent alors que la douleur peut être comique, et la mort
même ridicule..... Quels sont ces
hommes? se demande Richard.
Des seigneurs du moyen âge, tels
que Sacchetti a peints ceux de l'I-
talie, qui se jouent avec les sup-

plices, et ne dérident leur front que devant les torturés? Où ces jeunes gens, riches dès l'enfance, croient-ils que le pauvre endurci ne sent plus ses maux pour en avoir trop éprouvés? Non, pour exercer cet art, que les anciens nommèrent divin, le rang ni la fortune ne furent jamais exigés. Inconséquence humaine!!! Mais une heure s'est écoulée. Une seule femme attend encore. C'est Parsilia. Sa vue interrompt les réflexions de sir Richard. Elle n'est plus abattue et mélancolique. Le courage d'une mère qui tente un

dernier effort pour le salut de son
fils donne à son maintien une dignité particulière, et ses mouvemens ont cette âpreté qui trahit
une émotion violente et concen-
trée. Elle s'assied, et d'une voix
ferme explique en peu de mots la
situation de son enfant dont elle
découvre le bras. A l'aspect de
cette belle personne, le docteur Ω
reste un instant en silence ; il semble lui donner un degré d'attention qui surprendrait ses élèves, si
eux-mêmes n'étaient point exclusi-
vement occupés à la considérer ;
mais les habitudes du professeur

ont bientôt succédé à cette impression nouvelle ; il reprend son
importance doctorale, entremêlée
d'ironie, et examinant le bras de
l'enfant, il dit à l'étudiant le plus
proche de lui :

« Fort bon à opérer.

— Comment, monsieur, de-
manda Parsilia, dont les yeux per-
çans épient tous les gestes du docteur, que dites-vous ?

— Que l'amputation est très-
bonne à faire, répond M. Ω ; re-

venez dans trois jours..... A un
— autre.....

— Entendez-vous , répète un
jeune étudiant à Parsilia , qui semble en effet n'avoir rien compris
au discours du professeur ; reve-
nez dans trois jours , et nous opé-
rerons ce petit. »

Mais Parsilia n'écoutait plus
rien. Serrant son enfant contre
son sein, elle s'empressait de s'é-
loigner de ce cercle affreux, où
son imagination lui représentait
déjà son fils expirant de douleur.

Sa fuite ne fut aperçue que de Richard et de Gemma, qui n'avait osé pénétrer dans l'enceinte. Ils rejoignirent la malheureuse Parsilia dans la première salle, et Gemma voulut se jeter dans ses bras; mais elle repousse sa sœur, qui recule elle-même effrayée en voyant le visage de Parsilia se couvrir d'une rougeur pourprée, ses yeux égarés rouler rapidement dans leurs orbites, et sa bouche entr'ouverte n'articuler que des sons inintelligibles.....

« Elle se meurt, crie Gemma

en élevant ses bras vers Richard;
ayez pitié de nous! »

Ces mots furent proférés dans
une angoisse qui ne laissait pas à
Gemma l'usage de sa raison ; mais
ils n'en firent pas moins la plus
vive impression sur Richard, qui,
comme tous ceux de sa nation,
depuis le dernier matelot jusqu'au
lord, éprouvait pour les femmes
cette bienveillance délicate qui sied
si bien à celui que la nature a
doué de force [1]. Dès lors sir Ri-

---

[1] Madame de Staël, Œuvres posthumes.

chard se crut chargé par la Pro-
vidence du soin de cette famille
infortunée, et n'attribuant qu'à la
pitié des sentimens, qu'une pas-
sion moins généreuse lui avait
inspirés à son insu dès le moment
qu'il avait parlé à Gemma, il n'observa plus les formes que lui pres-
crivait une liaison aussi nouvelle,
ignorée même de l'aînée des sœurs;
ne voyant que le danger de Parsilia, il ôte de ses bras son enfant,
le remet à Gemma, et porte la
jeune mère presque évanouie dans
la voiture qui l'avait amené à l'hospice. Il y fait monter Gemma et

Léon, s'y place lui-même pour soutenir Parsilia, et donne à son cocher l'ordre de le conduire à son hôtel, rue de Provence.

« Mais, dit Gemma, c'est chez ma sœur qu'il faudrait aller.

— Non, répond sir Richard, vous serez mieux chez moi ; ne m'interrogez plus. »

La voiture s'arrête devant un bel hôtel garni, et Tom, sur le seuil de la porte, est un peu étonné de voir arriver son maître avec une femme mourante, une jeune fille en pleurs et un enfant. Mais il n'a pas le temps de témoigner sa surprise, sir Richard lui donnant l'ordre d'appeler sur-le-champ son hôtesse, et d'aller ensuite chercher le docteur Du......., dont il lui indique l'adresse. Les maîtresses d'hôtel garni commentent peu les actions des hôtes qui paient exactement et sans murmurer. Celle de Richard, avec une extrême obligeance, fit transporter dans un joli appartement madame de C***, et se joignait à Gemma pour rappeler ses sens, qu'elle n'avait pas encore recouvrés, lorsque le docteur Du....... entra conduit par Richard. Le célèbre praticien, après un court examen, déclare que Parsilia ne court aucun danger, et attribue son état à une attaque de nerfs prête à se terminer. Ce discours rassure Gemma, qui demande à sir Richard si le docteur ne voudrait pas regarder le bras de Léon. Sans attendre de réponse, M. Du....... s'empare de l'enfant, l'examine et interroge Gemma, qui rend un compte fidèle de la maladie de Léon, sans oublier la consultation faite le matin ....

« J'en suis fâché pour mon con-frère, répond Du......., mais ce bras ne doit pas être amputé, j'en réponds. »

Un cri de Parsilia annonce qu'elle a entendu ces paroles. Le docteur se rapproche de son lit, lui ré-pète cette consolante assurance, et la quitte en promettant de re-venir. Quand madame de C*** fut entièrement remise, sir Richard, s'approchant gravement d'elle, se fit connaître, et lui demanda la

permission de subvenir à tous ses
besoins et à ceux de son fils jusqu'au
moment où il obtiendrait, par
quelques amis puissans, la révi-
sion du procès de son mari, qui
probablement n'était pas plus coupable que beaucoup de militaires
condamnés à la même époque, et
acquittés par un nouveau juge-
ment.

« Mais, monsieur, quand mon
mari rentrerait en France, répondit madame de C***, il revien-
drait pauvre, et la dette que je
contracterai envers vous, il ne

pourrait l'acquitter. D'ailleurs, je suis inséparable de ma sœur, et elle ne peut accepter les bienfaits d'un homme de votre âge.

— N'y a-t-il donc aucun moyen de faire de ma générosité un devoir? demanda Richard.

— Je n'en sais pas.

— Vous n'en savez pas? »

En répétant cette réponse de Parsilia, Richard regarda sa sœur, qui baissa les yeux en rougissant.

« Vous m'avez compris, vous m'avez deviné, Gemma ! s'écria Richard. Ah ! si vous ne partagiez pas mes sentimens, répondriez-vous ainsi à ma pensée..... »

Richard apprit alors à madame de C*** comment, le matin même, il avait su de sa sœur tous les détails qui concernaient sa famille, et comment il avait dès lors conçu le projet de connaître plus intimement une jeune personne si pieuse, si sensible et si naïve.

« La rare beauté de Gemma me séduisit d'abord, ajouta sir Richard; mais je ne me décidai à vous la demander pour épouse que lorsque dans sa détresse je fus l'unique protecteur qu'elle invoquât. Je lus alors dans ses yeux que l'homme auquel elle s'adressait ainsi devait être le premier, le seul qu'elle eût encore distingué..... Me serais-je trompé, Gemma?

— Oh! mon Dieu, répondit la jeune Italienne, douteriez-vous...»
Puis elle s'arrêta, et un sourire

acheva de convaincre Richard qu'il
était le plus heureux des hommes,
comme il en était le meilleur.

Lorsque peu de temps après le
chevalier de Mervel revint apprendre à Richard que miss Jovanna Elmouth lui accordait sa
main, le jeune Anglais à son tour
lui annonça son mariage avec
Gemma.

« Rien n'est plus plaisant, dit
Mervel, le même jour a décidé de
notre sort : nous l'avons pourtant

passé d'une manière bien diffé-
rente. »

On assure que par la suite aussi
rien ne se ressembla moins que
la destinée des deux amis.

LÉONORE,

POÈME.

A Madame

La Comtesse de Genlis.

Mon amie,

Je suis heureuse de pouvoir
dire que je vous dois l'hommage
de ce premier essai : autrement,

aurais-je osé vous l'offrir ? Vous m'avez conseillé, ordonné l'étude; vous m'avez prouvé qu'elle pouvait s'allier avec mes devoirs. Je vous ai obéi; et ma docilité m'a valu des plaisirs dont le souvenir ne me donnera jamais de regrets. Ayez, je vous prie, quelque indulgence pour Léonore; songez, en la lisant, que je lui dois le bonheur de vous répéter que mon respect et ma tendresse égalent ma reconnaissance et les bontés que votre amitié m'a prodiguées.

AVERTISSEMENT.

——

Depuis deux ans cette imitation est terminée ; et je me rendais assez justice pour ne pas la publier, lorsque l'on m'a donné avis que madame la baronne de Staël, ayant parlé de l'original dans son dernier ouvrage, je devais m'attendre à voir imprimer quelque copie de l'imitation de *Léonore*, que j'ai trop souvent prêtée. L'opinion de madame de Staël, sur la romance de Bürger, est tout-à-fait décourageante : ce qu'elle regarde comme difficile doit m'être impossible ; et j'aurais caché mon ouvrage plus que jamais, si je n'avais su qu'il allait paraître avec toutes les fautes que j'ai corrigées depuis que le manuscrit est rentré dans mes mains.

Une imitation ne vaut guère d'éloges à son auteur, mais peut lui attirer beaucoup de critiques ; je vais d'avance répondre le mieux possible à celles que je prévois.

On me reprochera le choix du sujet ; mais si l'on tolère les revenans sur la scène et dans les romans, on peut bien les tolérer dans un petit poème ; il n'est pas plus fou de croire aux apparitions qu'aux devineresses ; c'est moins dangereux, et les morts ne donnent que d'utiles leçons partout où on les fait intervenir. J'ai trouvé le dénoucment de

Léonore très - moral ; son amant même la punit du crime dont il est la cause. Cette pensée est juste et terrible ; on peut la méditer avec fruit.

On dira que je n'ai pas imité assez scrupuleusement l'original : j'avoue que je n'ai pas eu le courage de faire *danser les morts* ni de détailler les dernières scènes de Léonore ; le goût français s'y oppose. Je me suis crue obligée aussi d'ajouter quelques vers, qui, en apprenant aux

lecteurs les premières vertus de
Léonore, motivent la grâce qui lui
est faite au moment d'expirer.

Le lecteur doit savoir que Léonore est une *promise*, et que ce titre
justifie en Allemagne le parti qu'elle
prend de suivre Wilhelm.

LÉONORE,

POÈME.

———

Léonore, accablée, oubliant ses douleurs,
Vers la fin de la nuit a fait trève à ses pleurs.
Depuis quelques instans Léonore sommeille ;
Bientôt un songe affreux l'agite et la réveille.

« Cher amant, ô Wilhelm ! hélas ! combien de temps

» Dois-je voir loin de toi prolonger mes tourmens ?

» Dieu ! peut-être la mort, peut-être l'inconstance

» De te revoir jamais m'ont ravi l'espérance ! »

Ainsi l'infortunée a gémi sur son sort.

Affrontant les périls et méprisant la mort,

Loin d'elle son amant trop avide de gloire,

De son sang achetait l'honneur et la victoire;

De Frédéric, à Prague, il a suivi les pas.

Quel sera son destin parmi tant de combats ?

Quels seront ses succès, ses revers ? Léonore

Craint et pleure déjà des malheurs qu'elle ignore,

Mais du peuple Hongrois la reine fait la paix :

Souveraine adorée, elle aime ses sujets.

Leur sang vient de couler, et son noble courage

Fit la guerre en héros et veut la paix en sage.

Les traités sont signés. On laisse les guerriers

Regagner triomphans leurs paisibles foyers.

Ils arrivent! Quels cris! Quels transports d'allégresse!

Quels doux embrassemens bannissent la tristesse!

Les lauriers qui paraient la tête des vainqueurs
Sont déjà remplacés par de plus simples fleurs.
Ils quittent leurs faisceaux pour de fraîches guirlandes :
L'amour leur prépara ces touchantes offrandes.
On revoit un époux, un fils, un frère..... Hélas !
Parmi tant de guerriers Wilhelm ne paraît pas !
La triste Léonore, inquiète, agitée,
Vers la foule en tremblant s'était précipitée ;
Son visage inondé d'un déluge de pleurs,
Aux regards attendris décelait ses terreurs ;
Ses genoux affaiblis la soutenaient à peine.
Elle parcourt les rangs d'une marche incertaine ;
Elle hésite, interroge... On répond tristement
Que l'on ne connaît point le sort de son amant.
Elle s'adresse à tous, et la même ignorance
Ravit à son amour un reste d'espérance.
On la quitte. Chacun de bonheur enivré
Va revoir son foyer si long-temps désiré,
Heureux et fier de voir sa parure guerrière
Décorer l'humble mur qu'il regrettait naguère.

Léonore est glacée. Une morne stupeur
La prive de ses sens et suspend sa douleur;
Ses yeux semblent fixés sur un objet terrible,
Dont l'aspect effrayant l'a rendue insensible;
Mais bientôt reprenant sa force et ses esprits,
Ses regrets concentrés s'exhalent en longs cris:
Elle meurtrit son sein, se jette sur la terre;
Ses cheveux détachés sont souillés de poussière.
Dans les convulsions d'un frénétique amour,
Elle veut se soustraire à la clarté du jour.
Sa mère, qui déjà sent les glaces de l'âge,
Vient dans ses faibles bras ranimer son courage,
La presse toute en pleurs sur le sein maternel,
Et pour sa Léonore invoque l'Éternel.
« Laisse le Ciel en paix, lui dit l'infortunée:
» Aux maux les plus affreux par ton Dieu destinée,
» Puis-je encor le prier d'adoucir mon tourment?
» Que pourrait-il pour moi? J'ai perdu mon amant.
» — Juste Ciel, prends pitié de ce cœur trop fidèle!
» Hélas! jusqu'à ce jour, te servant avec zèle,

» Elle observa tes lois, elle bénit ton nom !.....

» Ma fille, soumets-toi; rappelle ta raison.

» Dieu répand tour à tour les biens et les misères,

» Et d'une âme affligée exauce les prières.

» Peut-être que Wilhelm voit encore le jour?

» Peut-être qu'égaré par un nouvel amour,

» Auprès d'une autre épouse il devient infidelle?

» Tu pleures son trépas, il t'oublie auprès d'elle...

» Mais de ton désespoir l'accablant souvenir

» Tourmentera l'ingrat jusqu'au dernier soupir.

» — Je croirais un instant que Wilhelm est parjure !...

» Ma mère, qu'as-tu dit? Cesse, je t'en conjure,

» D'outrager mon amant, de profaner son nom !

» Tu veux, en m'abusant, rappeler ma raison.....

» Je l'ai perdue. Eh quoi! terminant ma carrière,

» Ne puis-je perdre aussi ce reste de lumière?

» Ne me prodigue plus tes impuissans secours,

» Je maudis à jamais le premier de mes jours.

» La tombe est mon bonheur, la mort mon espérance,

» Je vois fuir avec joie une affreuse existence.

» Mon adoré Wilhelm, je n'espère qu'en toi ;

» Je meurs, et ton nom seul est invoqué par moi.

» —Pardonne, Dieu clément, ce coupable murmure !

» Pardonne à cette aveugle et faible créature !

» Jamais par cette enfant tu ne fus offensé ;

» Elle abjure déjà ce discours insensé.

» Oh, mon enfant ! oublie un amour périssable ;

» Pense au ciel où l'on goûte une joie ineffable ;

» C'est là qu'une âme pure aime éternellement :

» Ici tout est fragile et passe en un moment.

» —Ni du ciel le séjour, ni de l'enfer l'abîme,

» Ne peut rien sur un cœur que l'amour seul anime :

» Le ciel, sans mon amant, ne m'offre point d'appas,

» Et l'enfer est aux lieux où je ne le vois pas. »

Telle est de son amour la coupable folie ;

Dans ses égaremens elle devient impie,

Ne craint plus d'irriter le Ciel par ses clameurs,

Et sans la consoler voit une mère en pleurs.

Périsse de l'amour la funeste puissance !
Cette enfant jusqu'alors vivait dans l'innocence.
Sa mère tous les jours bénissait le Seigneur
Des pieux sentimens qui remplissaient son cœur.
Sur son front virginal brillait la modestie;
Léonore ignorait qu'elle en fût embellie.
On n'osait point louer la grâce, les attraits
Qu'une noble pudeur répandait sur ses traits.
Maintenant ce n'est plus la douce Léonore;
C'est une amante en proie au feu qui la dévore;
Elle a tout oublié, sa mère, la vertu :
Wilhelm est le seul dieu d'un esprit éperdu.
Son corps succombe enfin sous tant de violence,
Et l'excès de ses maux la réduit au silence.

Cependant s'élevait l'astre mystérieux
Qui remplace du jour le flambeau radieux.
Léonore, épuisée, a promis à sa mère
De chercher le repos sur son lit solitaire.

C'est en vain : le silence et l'ombre de la nuit

Ne peuvent ramener le repos qui la fuit.

Libre enfin, pour pleurer, pour gémir elle veille.. .

Quel son ! quel bruit lointain a frappé son oreille !

C'est le hennissement, c'est le pas d'un coursier,

C'est le bruit d'une armure annonçant un guerrier....

Mais on vient d'ébranler la cloche domestique ;

Quelle voix retentit auprès du seuil rustique ?

« Veilles-tu, Léonore ? As-tu de ton amant

» Perdu le souvenir, oublié le serment ? »

A ces accens d'amour, l'heureuse Léonore

Se lève en tressaillant. C'est l'amant qu'elle adore !

Elle court, elle vole, et d'une faible voix

Elle dit : « Oh ! Wilhelm, enfin je te revois !

» Les craintes, les douleurs ont été mon partage.

» Oh ! pourquoi loin de moi signaler ton courage ?

» Oh ! pourquoi si long-temps différer ton retour ?

» — Je n'ai pu quitter Prague avant la fin du jour.

» J'attendais ce coursier ; sur lui tu dois me suivre ;

» Auprès de ton époux, Léonore, il faut vivre.

— Eh ! pourquoi donc ici ne point te reposer ?

A de nouveaux périls te faut-il exposer ?

Les vents impétueux attristent la nature,

Et de quelque malheur semblent être l'augure.

— Laisse mugir le vent, que te fait son courroux ?

Ne peux-tu le braver pour suivre ton époux ?

Je suis impatient. Hâte-toi, Léonore,

Veux-tu que loin de toi ton amant souffre encore ?

Je ne saurais ici me reposer en paix,

Et ce coursier fougueux ne s'arrête jamais.

Viens occuper enfin la couche nuptiale ;

Tu dois y précéder l'aurore matinale.

Partons sans différer.—Attends au moins le jour :

J'éprouve autant d'effroi que je ressens d'amour :

L'heure..., l'obscurité...J'entends l'airain qui sonne.

Bientôt il est minuit... La foudre au loin résonne...

Oh, Wilhelm ! attendons.—Vois l'astre de la nuit,

Profitons de l'instant où sa clarté nous luit.

Mon amour a déjà disposé ton asile,

Nous l'atteindrons bientôt sur ce coursier agile.

» Viens, pour te recevoir on a tout préparé;

» Viens célébrer enfin cet hymen désiré.

»—Mais où sont les flambeaux, les voiles, les guirlandes:

» Quel temple, quel autel recevra nos offrandes?

» D'une nouvelle épouse ai-je les vêtemens?

» — Loin de toi le désir de ces vains ornemens!

» Un long voile de lin doit recouvrir ta tête,

» Tout éclat est banni de cette auguste fête;

» Cependant jusqu'ici le plus puissant mortel

» Ne célébra jamais hymen plus solennel.

» — Ma mère t'attendait pour me bénir encore?

» — Elle suivra bientôt les pas de Léonore.

» Cesse de résister..... J'espérais que l'amour

» Par plus d'empressemens payerait mon retour.»

Wilhelm se tait. L'amour lui prête tous ses charmes;

La douceur de sa voix, ses yeux baignés de larmes,

Les dangers qu'il courut, tant de fidélité.....

Léonore se dit qu'elle a trop résisté.

Sa robe est détachée et flotte sans ceinture;

Son sein n'est recouvert que par sa chevelure;

Elle craignait l'orage, elle craignait là nuit:
Mais elle ne voit plus que l'amant qu'elle suit.
Wilhelm par ses regards l'interroge en silence,
Enfin sur le coursier, légère, elle s'élance.
Et, pressant son amant de ses bras délicats,
Elle oublie un danger qu'elle ne brave pas.

Aussi prompt que l'éclair dans sa marche rapide,
L'indomptable coursier, sous un maître intrépide,
Entraîne Léonore à travers les guérets.
Ni les monts escarpés, ni les sombres foréts
N'arrêtent son élan qui fait trembler la terre;
Autour de lui s'élève une épaisse poussière;
Ses pieds frappent le roc qui jaillit en éclats,
Et vole étincelant embrasé sous ses pas.
Wilhelm s'adresse alors à sa triste compagne,
« Les astres, lui dit-il, éclairent la campagne;
» Rassure-toi; bientôt je serai ton époux;
» Vois, les âmes des morts vont moins vite que nous.

II.   18

» Les morts, les craindrais-tu ?—Oh! non, lui répond-elle;
» Mais laisse-les en paix dans la nuit éternelle. »

Soudain le bruit confus de gémissantes voix
Interrompt le repos des habitans des bois.
Le corbeau croassant et l'oiseau des ténèbres
Font retentir l'écho de leurs accens funèbres.
Des prêtres du Seigneur, vêtus d'habits de deuil,
S'avancent à pas lents, conduisant un cercueil :
La dure austérité d'une vie ascétique
Traça de creux sillons leur visage antique.
Ils portent des flambeaux, dont la pâle lueur
Rend les bois plus obscurs et répand la terreur;
Ils chantent gravement un hymne funéraire :
« O mortel, tu n'es plus que cendre et que poussière !
» Quoi ! tu connus l'orgueil, et dans un froid tombeau
» Ton corps sert de pâture au plus vil vermisseau!
» Abjure ta fierté, reconnais ta misère;
» Hâte-toi d'obéir : terre, redeviens terre ! »

« Oui bientôt, dit Wilhelm, vous serez satisfaits.

» Pontifes du Très-Haut, achevez vos apprêts;

» Nous atteignons enfin cette heure fortunée

» Où vous devez bénir un si saint hyménée.

» Hâtons-nous, Léonore; » et le coursier fougueux

Semble un trait décoché par un bras vigoureux.

Son maître, de la voix l'encourage et le presse,

Il déchire ses flancs, et le fer qui le blesse

Irrite l'animal, qui, redoublant d'ardeur,

Croit laisser loin de lui le fer et la douleur.

Léonore s'écrie, en respirant à peine :

« Oh, Wilhelm! arrêtons! quelle lugubre scène!

» Ces crêpes, ce cercueil, me remplissent d'effroi.

» Je tremble, je frémis, et je suis près de toi!

» — Pourquoi trembler encor! la fortune jalouse

» Ne peut plus de mes bras arracher mon épouse.

» Crains-tu ceux que la mort a glacés pour jamais?

» — Non, je ne les crains pas; mais laisse-les en paix. »

Elle répond ces mots d'une voix défaillante :

Ses esprits sont troublés, sa force est chancelante;

Son regard fixe et morne exprime la terreur,

Son front est recouvert d'une horrible pâleur.

Du sang coule autour d'elle et rougit la verdure.

Elle voit des apprêts de mort et de torture,

Des fantômes errans, des ombres de pécheurs;

Un bruit sourd et confus, d'effrayantes clameurs,

La voix de son amant qui devient menaçante,

Tout de l'infortunée augmente l'épouvante.

L'astre brillant des nuits a perdu sa clarté,

De bleuâtres éclairs percent l'obscurité,

En nuages épais le vent chasse la poudre,

L'air au loin retentit des éclats de la foudre;

La terre lui répond par un mugissement;

Sur le sol ébranlé s'élève un monument;

L'enfer en construisit les murailles sanglantes,

Couvertes d'ossemens et de chairs palpitantes!

Une grille d'airain s'entr'ouvre avec fracas.

Le coursier haletant précipite ses pas.

D'un bond il a franchi cette enceinte cruelle

Qui contient des pécheurs la dépouille mortelle.

Les morts épouvantés sortis de leurs tombeaux,

Soulèvent lentement leurs linceuls en lambeaux.

Le fier coursier hennit, et sa bouche enflammée

Vomit un tourbillon d'une épaisse fumée.

Il rampe, se relève, et ses crins hérissés

Se changent en serpens hideux et courroucés.

A des feux souterrains le roc ouvre un passage;

Ils coulent en torrens sur un sanglant rivage;

Des esprits infernaux apportés sur les vents,

Repoussent les pécheurs dans leurs noirs monumens.

Léonore, éperdue, entr'ouvre la paupière;

Elle touche bientôt à son heure dernière.

Mais avant que ses yeux se ferment sans retour,

Elle veut voir encor l'objet de tant d'amour.

Juste Ciel! son amant n'est plus qu'un spectre horrible;

Dans sa main brille un dard flamboyant et terrible.

Les bras de Léonore, autour de lui pressés,

N'approchent de son sein que des restes glacés.

Elle succombe enfin à cette horrible vue;

Aux pieds de son amant elle tombe étendue.

« Résigne-toi, lui crie un messager divin,

» Et n'accuse que toi d'un si triste destin.

» Aux arrêts de ton Dieu tu te montras rebelle ;

» Mais ton Dieu se souvient que tu lui fus fidelle.

» Viens joindre ton époux, sa compagne à jamais,

» Ton âme va me suivre au séjour de la paix. »

POÉSIES DIVERSES.

POÉSIES DIVERSES.

L'AMANT,

CHANSON.

Lorsqu'à tes genoux je jure
De n'aimer jamais que toi,
Je sais que je suis parjure,
Mais tu le fus avant moi.

Trop coquette et trop jolie
Pour t'aimer ou pour te fuir,
Je te tromperai, Sylvie,
De toi j'appris à mentir.

Puissent mes feintes promesses
T'abuser quelques momens,
Je trahirais deux maîtresses,
Combien trahis-tu d'amans ?

LE MIRACLE,

ROMANCE.

—

C'est dans l'Andalousie
Que vivaient deux amans
Dévoués à Marie
Dès leurs plus jeunes ans.
Mais la mort est cruelle,
La mort les sépara;
Et son amant fidelle
Pleurait ainsi Lina:

Lorsque sur la montagne
Je conduis mon troupeau,
Je cherche ma compagne
Et ne vois qu'un tombeau.
C'est en vain que j'appelle,
Lina ne répond pas;
Mais l'âme est immortelle,
Lina, tu m'entendras.

En achevant sa plainte
L'infortuné berger
Tremble d'amour, de crainte,
Lina sort d'un rocher.
Il revoit son amante,
Mais bientôt à ses yeux
L'âme de l'innocente
S'envole vers les cieux.

Ma Lina, je t'implore,
Intercède pour moi ;
Que celui qui t'adore
Soit placé près de toi.
Exaucez ma prière,
Vierge, mon seul recours !
A ces mots, sur la pierre,
Il s'endort pour toujours.

L'ÉGLANTINE,

A MADAME LA COMTESSE DE GENLIS,

*Qui avait demandé cette fleur peinte à l'auteur, pour
la réunir à celles dont ses amis lui composaient
une guirlande.*

Je n'ai que trop souvent envié les destins
De la reine des fleurs, brillant dans les jardins.
Nous sommes sœurs, disais-je, et tout lui rend hommage;
On s'en pare à la cour, on s'en pare au village;

La beauté, la vertu la reçoivent en don ;

Des roses couronnaient le vieil Anacréon.

Ainsi, dans tous les temps, vaine ou noble parure,

La rose n'a point vu négliger sa culture.

Et moi je dois encor, témoin de ses succès,

De ma superbe sœur enceindre le palais.

Mes rameaux épineux défendent ma rivale ;

On me fait respirer le parfm qu'elle exhale.

Ah ! pourquoi m'enlever à mes sombres forêts ?

Pourquoi de mes buissons dépouiller les guérêts ?

L'homme qui n'est plus libre enchaîne la nature,

Et je suis destinée à servir de clôture.....

Mais bientôt sur mon sort je ne dois plus gémir,

Genlis, dit-on, Genlis a daigné me choisir ;

De respect et d'amour je deviens une offrande.

Mise au nombre des fleurs qui forment sa guirlande,

Je me vois transformée en astre radieux,

Et l'Églantine enfin brillera dans les cieux.

LA BERGÈRE NAÏVE,

CHANSON.

Sylvandre, pourquoi t'affliger
D'un aveu naïf et sincère?
Il était simple de changer
Puisque tu cessais de me plaire :
Tes reproches sont s perflus ;
Je t'aimais, je ne t'aime plus.

Promettre un éternel amour
Serait une étrange folie.
On se convient, on s'aime un jour;
Jurer de s'aimer pour la vie
C'est former des vœux superflus :
On s'aimait, ou ne s'aime plus.

Est-il juste de m'accuser
De caprice, de perfidie?
Hélas! je voudrais t'abuser,
Mais ne sus mentir de ma vie.
Cesse donc des cris superflus :
Je t'aimais, je ne t'aime plus.

MÉDITATION.

Vague mélancolie, es-tu peine ou plaisir ?
En me livrant à toi je sens couler mes larmes ;
    Mais cette douleur a des charmes,
    Pleurer n'est pas toujours souffrir.

D'une sombre forêt je cherche le silence.
Au pied d'un froid tombeau j'aime à me recueillir ;
    Là je vois qu'il faudra vieillir,
    Là je vois que la mort avance.

Lorsque l'oiseau nocturne a quitté le beffroi,
Qu'à l'airain gémissant il joint sa voix plaintive,
 Je viens méditer sur la rive,
 Et je l'écoute sans effroi.

L'air est calme et serein, la rive est solitaire.
Seule, assise à l'écart, il m'échappe un soupir.....
 Hélas! quel triste souvenir!!!
 A de plus doux je le préfère.

Je cacherai toujours mes plaisirs, ma douleur.
Ah! qui partagerait la crainte, l'espérance,
 Et le bonheur et la souffrance
 Qui viennent agiter mon cœur.

Je ne confierai pas, douce mélancolie,
Tes aimables secrets. On ne m'entendrait pas.
 Seule je chanterai tout bas
 Les charmes de la rêverie.

Brillant astre des nuits, affaiblis ta clarté ;

Tu troubles des plaisirs dont mon âme est éprise ;

Je n'ai point changé de devise :

Le silence et l'obscurité [1].

[1] La devise de l'auteur, à vingt ans, était un *hi- bou* avec ces mots : *Le silence et l'obscurité.*

LES QUARANTE ANS.

CHANSON.

Pourquoi d'un œil aussi malin
Avez-vous regardé Céline?
Pourquoi d'un air aussi chagrin
Vous éloignez-vous de Rosine?
Pourquoi des êtres si charmans
Excitent-ils votre colère?
Non, Lise, je ne puis me taire,
Lise, vous avez quarante ans.

Pourquoi blâmer le nœud, la fleur
Qui rattache leur chevelure?
Pourquoi juger avec rigueur
Leur brillante ou simple parure?
Roses, muguet ou diamans
Sur leur sein semblent vous déplaire:
Non, Lise, je ne puis me taire,
Lise, vous avez quarante ans.

Parle-t-on d'opéra, de bal,
De quelque plaisir de leur âge,
Vous nous dites : Rien n'est plus mal,
Chanter! danser, quand on est sage!.....
Le nom de ces amusemens
Rembrunit votre front sévère :
Non, Lise, je ne puis me taire,
Lise, vous avez quarante ans.

C'est exciter votre courroux
De leur trouver l'air vif ou tendre,
Et de leurs regards, selon vous,
On ne saurait trop se défendre.
Ne peut-on, sans avoir d'amans,
Être jeune, belle, enfin plaire?
Non, Lise, je ne puis me taire,
Lise, vous avez quarante ans.

Pauvre Lise, changez d'humeur
Ne pouvant changer de visage.
Vous êtes laide, sans fraîcheur,
Devenez donc savante et sage.
Hé quoi! vous avez des enfans!
Moins que jamais je dois me taire:
Ah! Lise! soyez bonne mère,
Vous oublierez vos quarante ans.

LA PRÉCAUTION,

CHANSON.

—

Sylvandre, un jour, me jura
Une ardeur éternelle;
Mais bientôt il me quitta :
Je pleurais l'infidelle.
Si tous les hommes sont trompeurs,
   Que faut-il faire ?
On évite de grands malheurs
En changeant la première.

Lubin demande un baiser,

Aussitôt je le donne;

Le soir au fond du verger

Il embrassait OEnone.

Si tous les hommes sont trompeurs,

    Que faut-il faire?

On évite de grands malheurs

    En changeant la première.

Colas voulait mon bouquet,

Je l'accorde, pauvrette!

Il en pare le corset

De la jeune Lisette.

Si tous les hommes sont trompeurs,

    Que faut-il faire?

On évite de grands malheurs

    En changeant la première.

Bergers, venez tour-à-tour
Pour plaire et pour séduire,
Le doux langage d'amour
Ne saurait plus me nuire.
Puisque vous êtes tous trompeurs,
Que faut-il faire ?
Pour éviter de tels malheurs
On change la première.

GISELLE,

ROMANCE.

La noble châtelaine
　　Du beau château de Graine,
Avant quinze ans dut vivre sous les lois
D'un vieil époux, chasseur, triste et sournois.

　　Elle avait nom Giselle,
　　Elle était la plus belle
Des dames qui, sur le haut des donjons,
Se faisaient voir dans tous les environs.

OEil d'un azur céleste,

Regard tendre et modeste,

Cheveux dorés se bouclaient sur son front,

Petit fossé partageait son menton.

Tous les jours dans la plaine

Le vieux seigneur de Craîne

S'en va chasser le lièvre ou le lapin,

Et rentre las dormir jusqu'au matin.

Il dit : Bonsoir, Giselle,

Allez dans la tourelle,

Dormez la nuit et filez tout le jour,

C'est le moyen de trouver le temps court.

D'une main très-habile

Giselle file, file;

Mais en été quand le jour est trop long,

Son lourd fuseau tombe à son pied mignon.

Giselle le ramasse
En disant : Suis bien lasse,
M'en vais monter sur le haut des créneaux,
Verrai passer dames ou damoiseaux.

Las ! ne voit rien qui passe,
Mais voit venir la chasse
Et son mari qui bat valet ou chien ;
Car en chassant il ne prend jamais rien.

Le soir d'un jour d'automne
La grosse cloche sonne,
Un damoisel traverse le préau,
Il veut parler au maître du château.

Bien noire est son armure,
Bien pâle est sa figure,
Ses yeux sont beaux, quoique baignés de pleurs,
Giselle croit ressentir ses douleurs.

Le vicomte de Sade
Est mort à la croisade ;
Je suis son fils ; il vous nomme , seigneur,
Pendant deux ans , mon chef et mon tuteur.

— En attendant plus d'âge
Pourrez être mon page ;
Auprès de moi quelquefois chasserez ,
Dans le château toujours me servirez.

Quel ennuyeux service ,
Dit tout bas le novice ;
Mais de Giselle il rencontra les yeux ,
Il lui sembla voir s'entr'ouvrir les cieux.

O belle et noble dame ,
Dit-il au fond de l'âme ,
Toi seule ici Sade voudrait servir ;
Pour toi, Giselle, il veut vivre et mourir.

De la forêt prochaine
On rapportait à Craîne,
Dès le midi, sanglier, chevreuil, loup ;
Sade jamais n'avait manqué son coup.

Le damoisel s'ennuie
De son errante vie.
Allez, dit-il, seigneur, chasser au loin,
Moi de dormir ai vraiment trop besoin.

Mais pourtant à l'aurore
Sade veillait encore ;
Il voit Giselle à travers un créneau ;
Et jusqu'à lui vient rouler son fuseau.

Le damoisel s'empresse,
Vole vers sa maîtresse :
Dame, dit-il, quand fut dans le donjon,
Veux d'un fuseau charger mon écusson.

— Y pensez-vous, beau sire ?

Apprêterez à rire.

— Me souviendrai qu'à ce fuseau je dois

D'avoir pu seul vous parler une fois.

— Et que voulez me dire?

— Que nuit et jour soupire.

— Soupire aussi, seigneur, tout en filant,

Depuis, hélas ! qu'êtes entré céans.

— Pleurez pas, châtelaine,

M'en vais partir de Craîne,

Suis jeune encor, vais attendre le jour

Où sans péché pourrons parler d'amour.

Mais on entend la cloche,

Un écuyer s'approche.

Dame, dit-il, le seigneur votre époux,

Pour suivre un cerf s'est noyé devant nous.

Hélas! répond Giselle,
Veux que dans la chapelle
Ait mon seigneur un digne monument;
Nous y prierons tous deux dévotement.

Pendant un an la dame
Sut contenir sa flamme;
Le page alors put lui parler d'amour;
Ne faut-il pas que chacun ait son tour?

LE TROUBADOUR ITALIEN,

ROMANCE.

Sous le beau ciel de l'Italie,

Dans un vallon de l'Apennin,

Cédant à sa mélancolie,

Philène chantait ce refrain :

N'allez jamais aimer en France,

Jeune et fidèle troubadour;

Là, le premier jour d'absence

Est le dernier jour d'amour.

Celle qui partagea ma flamme,
Qui me fit le plus doux serment;
Celle que je nommai ma dame,
Me fit ses adieux en disant:
Pour moi ne reviens plus en France,
Jeune et fidèle troubadour;
Car le premier jour d'absence
Est le dernier jour d'amour.

Pourquoi faut-il que la cruelle
Ait dédaigné de me tromper!
Elle eut cessé d'être fidelle,
Je n'eus point cessé de l'aimer.
Est-il besoin de dire en France,
Quand on quitte son troubadour,
Que le premier jour d'absence
Est le dernier jour d'amour?

ELMIRE [1],

ROMANCE.

Elmire a préparé l'armure
Qui doit couvrir son chevalier;
Il ne vient pas, elle murmure,
Et déjà se plaint d'Olivier:

[1] Les paroles de cette romance ont été insérées au *Panorama des Nouveautés parisiennes*, et gravées en tête de ce Recueil avec un air nouveau et un accompagnement de forté-piano, composés par M. J. ADRIEN LAFASGE.

Que fais-tu loin de moi? dit-elle,
Qui peut t'arrêter si long-temps?
Olivier, reviens-tu fidelle?
Tu me l'as juré, mais j'attends.

Serment d'amour ne se tient guère,
Disent les sages de nos jours;
Mais tu me répétais naguère:
Quand on aime, on aime toujours.
Olivier, je veux seul te croire,
Ton amour bravera le temps,
Tu n'aimes qu'Elmire et la gloire;
Mais, mon Olivier, je t'attends.

On me dit que la perfidie
A la valeur peut s'allier,
Que l'on peut trahir son amie
Et se couronner de laurier.

Hélas! pardonne, je t'offense.....
Pourquoi tardes-tu si long-temps?
Je crois toujours à ta constance;
Mais, mon Olivier, je t'attends.

LA COURONNE IMPERIALE,

VERS MIS-AU BAS D'UNE FLEUR DE CE NOM, PEINTE
PAR .....

—

Noble et brillante fleur, ornement des parterres,
Elle séduit les yeux par ses vives couleurs;
Le sage, en la voyant, rêve sur les grandeurs,
Et de plus d'un mortel déplore les misères.
O fleur, dit-il, ton nom ne touche point mon cœur...
 Tu me rappelles la victoire,
 Les faisceaux, la pourpre, la gloire,
 Les Muses, les beaux-arts, l'honneur...
 Mais tu n'étais pas le bonheur.

LES REGRETS.

Lieux chéris où jadis j'ai goûté le bonheur,
Pour la première fois je vous vois sans ivresse ;
    Le souvenir de ma faiblesse
    A tout plaisir ferme mon cœur.

Lieux qui me rappelez l'innocence et la paix,
Vous aigrissez les maux qui déchirent mon âme.
    Hélas ! une coupable flamme
    Du repos me prive à jamais.

Quoi ! ces tourmens affreux ne doivent plus finir ?
Quoi ! je dois renoncer à la douce espérance ?
    Il n'en est plus...; mais quand j'y pense.....
    Peut-être je pourrai mourir.

O vous , de tant d'amour objet cruel et doux ,
Ne me regrettez point après m'avoir trahie ;
    A quoi me servirait la vie ,
    Quand je ne puis vivre pour vous ?

LES ADIEUX,

CHANSON ÉCRITE AU BAS D'UN DESSIN REPRÉSENTANT UN OFFICIER FRANÇAIS SE SÉPARANT D'UNE JEUNE PERSONNE.

———

Pour moi je vois couler vos larmes.
(Je suis sûr qu'elle rit tout bas.)
Que mon retour aura de charmes!
(Grâce au ciel, je ne reviens pas.)
Vous me serez toujours fidelle;
Un tel serment comble mes vœux;
Comptez aussi sur moi, ma belle.....
(Comme nous mentons tous les deux!)

Rassurez-vous, ma douce amie,

(Elle ne craint rien, je le vois.)

L'amour conservera ma vie.....

(Pour une autre belle que toi) ;

Mais, hélas! j'entends la trompette,

Il faut marcher au champ d'honneur.

Adieu, mon ange!... (adieu coquette!...

Ah! que de rire j'avais peur!)

VERS

MIS AU BAS DES FLEURS FORMANT LE NOM D'UNE
AMIE INFIDELLE.

—

Si je vous ai juré l'amitié la plus tendre,
Je vous aime toujours comme je vous aimais.
Combien de fois aussi, je crois encor l'entendre,
M'avez-vous répété : Je vous aime à jamais !
Trahissez vos sermens, moi seule je déplore
Le sort qui me condamne à me plaindre de vous.
  Des souvenirs trop vifs encore
  Rappellent des instans si doux.....

Mais l'amitié m'exauce, elle est ingénieuse,
  Et pour adoucir mes douleurs,
Dans ce simple bouquet sa main mystérieuse
  Cacha votre nom sous des fleurs.

UN SERMENT D'AMOUR.

ROMANCE.

Avais déjà vingt ans passés,
Et cheminais vers la Syrie,
Quand vis damoiselle jolie,
Au teint de lys, aux yeux baissés ;
Voulais, du pied de sa tourelle,
Lui chanter quelque loi d'amour.
Mon père vous reçoit, dit-elle,
Venez attendre ici le jour.

Aurais oublié les croisés
Auprès de la gentille dame ,
Quand , pour le salut de mon âme ,
Le châtelain me dit : partez.
Mais avant de quitter la belle
Fallut répéter maintes fois
Le serment de rester fidelle ,
Comme l'étais depuis un mois.

Aurais gardé tous mes sermens
Si n'avais pas , dans le voyage ,
Rencontré près d'un ermitage
Pélerine de dix-huit ans.
Hélas ! quand fus dans la Judée ,
Près de la fille d'un païen ,
Trahis encor la foi jurée ,
Et n'osai plus jurer de rien.

Pourtant retournais du château
Épouser la noble maîtresse,
Quand appris qu'amour et tristesse
Venaient de la mettre au tombeau.
Depuis qu'arriva cette histoire,
Dames n'ont plus voulu compter
Sur le cœur ou sur la mémoire
D'amans qui devaient voyager.

Ouvrages *qui se trouvent chez le même éditeur, Place de l'Odéon, n. 3, en entrant par la rue Racine, n. 6, et à toutes les autres adresses indiquées sur ces volumes.*

————

L'Héritière corse, par madame la comtesse de Bradi. Seconde édition; 2 vol., 4 fr.

Dictionnaire de la pénalité dans toutes les parties du monde connu ; tableau historique, chronologique et descriptif des supplices, tortures ou questions ordinaires et extraordinaires, tourmens, peines corporelles et infamantes, châtimens, corrections, etc., ordonnés par les lois, ou infligés par la cruauté ou le caprice, chez tous les peuples de la terre, tant anciens que modernes; auxquels on a rattaché les faits les plus importans que l'histoire présente en condamnations ou exécutions civiles, correctionnelles ou criminelles; par M. B. de Saint-Edme; dédié au jeune Barreau français dans la personne de M^e. Mérilhou, avocat. — 4 vol. in-8°. de près de 500 pages chaque, avec 48 gravures

www.ingramcontent.com/pod-product-compliance
Lightning Source LLC
Chambersburg PA
CBHW071822020726
47502CB00004B/1205